寻猫记

杨剑龙 著

上海文艺出版社

目录

寻猫记
1

残荷
18

北戴河之恋
43

郝先生的绿背心
98

牙痛
132

租赁男友
135

消失了的朦胧
182

凝望与叹息
201

寻猫记

1

如今社会，养宠物的多了，宠物往往成为家庭中的一员。宠物走失了，主人万分焦急，四处寻找，张贴启事，允诺重金奖赏，甚至网上有"90后美女为寻爱犬发割腕自残照引关注愿以身相许"的新闻。

徐容国教授家的猫丢失了，家人焦虑万分。其实那是一只长毛绒玩具猫，是徐教授的夫人李阿姨买给孙子的玩具。那是被称为猫中王子的波斯猫，白色的长毛绒，蓝色的眼睛炯炯有神。那时孙子诞生，徐教授两口子喜出望外。儿子是飞机驾驶员，常常出差，媳妇是空姐，也常常不在家。媳妇休完产假后，抚养孙子的任务自然而然地落到徐教授夫妻俩身上，孙子晚上与李阿姨睡。孙子刚送来时，徐教授很不习惯，半夜常常要起身为孙子泡奶粉。他当年插队农村，与李明俪结婚，生下了儿子是岳母岳父带的，现在带孙子好像是还当年的债。儿子、媳妇出差回来，便先回父母家，将儿子接回家住，出差时又将孩子送过来。

孙子大名是徐教授取的，徐翼骝中的"骝"字，是骏马的意思，小名"翼翼"。翼翼喜欢那只白色的波斯猫，吮牛奶时抱着，睡觉时枕着，甚至徐教授推他出门晒太阳也带着，波斯猫从白色的变成灰色的、黑色的。昨天晚上，徐教授突然发现波斯猫不见了，房间里床底下到处找，找不到。孙子恋物，没有了波斯猫，他那双眼睛到处搜寻，哭得声嘶力竭，半夜了就是不睡觉，弄得家里的那只棕红色的泰迪犬也狂吠不已。任凭徐教授夫妇如何哄、如何抱，这孩子就是不消停。孩子左不是右不是，刚牙牙学语的孩子，打又打不得，骂也骂不得，弄得夫妻俩束手无策。

对门的刘教授来敲门了，说孩子吵了他们休息了。徐教授夫妇只能赔不是，说孩子的波斯猫玩具没了，平时都是捧着玩具睡觉，现在就吵闹。刘教授是心理学教授，他说六个月到三岁之间孩子恋物，大了就好了。刘教授摇摇头走了，孩子仍然吵闹着。

黎明时分，孩子大概吵闹得累了，终于睡着了。徐教授夫妇也赶紧睡了。

徐教授睁开眼睛时，太阳已经老高了，一看钟，已经9点半了，那只小种的泰迪犬在他的床头咕噜咕噜地埋怨。

徐教授起床，戴上眼镜，先给泰迪犬喂了狗粮，再走到夫人床前一看，夫人还在梦里，翼翼却已经醒了，他不哭不闹，吸吮着自己的大拇指，津津有味，睁大了眼睛望着天花板。

徐教授推醒了夫人，夫人赶紧起身，给孙子换了尿片，冲奶粉给孙子喝。夫人尝了口奶不烫，将奶嘴放进孙子的嘴里，孙子的眼睛就四下搜寻，咧开嘴又号哭了起来。徐教授夫妇对视了一眼，还是那只波斯猫！吃饱了的泰迪犬踱到跟前，对着号哭的孙子狂叫了一声，像是在劝慰，又像在斥责。

徐教授摸了摸泰迪犬的头，让它静下来。

2

徐容国教授在中文系任教,是中国现当代文学研究方面的知名学者,但是中文系只有硕士点没有博士点,他在兄弟院校挂着博士生导师,虽然已经到了退休的年龄,却还在职。他仅带了一位博士生况海生,今年刚刚毕业,是他所在大学的年轻教授,最近刚被任命为文学院院长,原因之一当然是他获得了博士学位。徐教授受到了中文系一些退休教授们的质疑,他们提出为什么徐容国到了年龄还可以不退休。

徐教授夫妇回忆昨天星期天可能丢失波斯猫的地方。

昨天早上,夫人去菜场买菜时,徐教授曾推着婴儿车去校园的湖边,在亭子里与齐龙欣教授下过一盘象棋,不知道波斯猫是否丢在那里了?

昨天早上,天气晴朗,秋高气爽,徐教授将孙子放进婴儿车,推去了校园里的湖边,棕红色的泰迪犬摇头摆尾地跟着。湖边的一排枫树正红,远远看去像一团团火焰,在碧绿湖水的映衬下,格外醒目。徐教授夫妇的孙子白白胖胖的,一路上不断有熟人打招呼逗孩子。

徐教授过了六十岁就不再染发了,他属于头发白得比较早的,现在一头银丝,倒不失为一种风度。他将婴儿车推到枫树林下的亭子边,见亭子里有人在下象棋,是古典文学的退休教授齐龙欣与汉语退休教授顾一峰。一脸络腮胡的齐教授有武夫相,与白净谢顶文质彬彬的顾教授下棋,齐教授咄咄逼人,让处于弱势的顾教授举棋不定。齐教授用了日本电影《追捕》中矢村警长的台词:"从这跳下去。朝仓不是跳下去了吗?唐塔也跳下去了,现在请你也跳下去吧。你倒是跳呀!"

徐教授历来对齐龙欣的颐指气使不满,看到他得意忘形的神色,便琢磨着眼前的这局棋:齐龙欣尚有一车一马一炮,攻势凌厉;顾一峰仅剩一马一炮一卒,且士象全丢,光杆老将岌岌可危。徐容国推了推鼻梁上的近视眼镜,让顾一峰将炮拉回沉底,以老将为炮架子,以免齐龙欣当头将,将马拉回,努力挤着齐龙欣马的马脚。

紧张的局势有所舒缓,顾一峰松了一口气。

齐龙欣大怒,将一匹马左右纵横,顾一峰让座于徐容国,徐容国用马死死盯着,竭力阻着齐龙欣的马脚。在左冲右突中,徐容国暗暗将小卒子拱过河,在炮的护佑下逐步推进。齐龙欣开始没有在意,等到小卒子拱到九宫一角时,齐龙欣将车抽回,落棋于九宫另一角。这让徐容国抓到了机会,他将小卒子往左一靠,"将军!"前面的马与沉底的炮将了齐龙欣一军,居然形成了抽车将。齐龙欣老将失足,想要悔棋,顾一峰在旁大叫:"落棋无悔!落棋无悔!"齐龙欣只能悻悻地将"车"放下。顾一峰在一旁得意地哼起了日本电影《追捕》中的《杜丘之歌》"啦呀啦,啦呀啦啦啦呀啦……"

在中文系徐容国与齐龙欣属于大牌教授,对于很多事情他们俩常常意见相左,徐容国稳重睿智,不轻易发表言论;齐龙欣直率鲁莽,常常信口开河。

这盘棋最后打成平局,顾一峰按捺不住地窃喜,齐龙欣摸着络腮胡懊恼不已。

齐龙欣邀徐容国再下一盘,他想扳回他的面子。

徐容国的手机响了,夫人李明俪打来电话,让他带孙子赶快回家,她买菜回来了。

徐容国匆匆推上婴儿车回家,到家门口才发现,孙子的一只鞋子掉了,泰迪犬倒十分乖巧,咬着孙子丢了的那只鞋抢先进了门。

不知道波斯猫玩具是否在那时丢掉的？徐容国回想着。

3

李明俪昨天下午带孙子去了老年大学的美术班。李明俪退休前在这所大学的人事处工作，她喜欢美术，大学学的是行政管理，退休后便在老年大学的美术班进修。

下午孙子翼翼午睡后，李明俪推着婴儿车带孙子去老年大学。徐容国有一部书稿要校对，她让老徐有一点安静的时间。李明俪住在学校的教工区，离老年大学不远，那是一栋褚红色的小楼。前校长退位后担任了老年大学的校长，在他退位前就将这栋楼腾出来给了老年大学。

老年大学美术班今天是学习国画，教画的是美术学院年轻的傅老师，小伙子扎了个马尾辫，白净的脸上堆满了笑容。李明俪推了婴儿车走进教室，引起这些老年学员们一阵欢笑，有个别熟识的还离座逗翼翼。李明俪在后排的座位坐下，将婴儿车停在后靠墙处，让翼翼玩他的玩具猫。李明俪属于性格外向的那种，好学，好动，喜结交朋友。徐容国则性格内向，喜静，寡言，坐在书斋里的时间多。他们俩性格互补，虽然也有小吵小闹，但生活还是挺和谐的。

今天教的是画牡丹花，小傅老师将宣纸钉在黑板上，蘸饱了大红色的颜料，左一笔右一笔，不一会儿，一朵猩红的牡丹花栩栩如生。李明俪铺开宣纸，按照小傅老师教的一笔一划画了起来。

课间休息，总是小道消息传播的时候。虽然李明俪不喜欢捕风捉影，但有时听听也不妨。李明俪给翼翼去厕所把了尿，抱着翼翼用奶瓶喂奶，听倪冬花说信息。胖胖的倪冬花是齐龙欣教授的夫人，退休前在退管会工作，由于徐容国与齐龙欣不睦，李明俪与倪冬花也总隔了一层。倪冬花属学校的消息灵通人士，历来喜欢打探消息，也喜欢传播消息，她的身边往往围着一些听众。

倪冬花说："你们知道吧，这次退休教师检查身体查出了四个癌症！现在好像得癌症不稀奇了！"

"是哪个单位的？什么人？我认识的吗？"崔秀莲瞪大了惊异的眼睛问。崔秀莲是汉语退休教授顾一峰的夫人，瘦瘦弱弱的，退休前在对外汉语学院管教务。

"体育系的陈重峰,肺癌晚期;化学系的刘碧霞,乳腺癌;物理系的周谷雪,早期食道癌;教务处的钱黎敏,卵巢癌。"倪冬花猩红的嘴唇报幕般地道出了名单。

崔秀莲感慨又怜悯地摇了摇头,给孙子喂奶的李明俪支愣着耳朵听着。

过了一会儿,倪冬花故作神秘地将嘴唇凑近崔秀莲的耳朵,声音却不小地说:"秀莲,你知道昨天晚上我们家老齐被谁请去吃饭了?"

"谁呵?我怎么知道?"崔秀莲捋了捋鬓角被倪冬花嘴唇弄乱的头发。

富态的倪冬花一副卖关子的神色,有些洋洋得意,等了一会儿,她故意抬高了声音说:"是祁校长请我们家老齐吃饭,让况海生院长作陪,说是谈谈文学院的工作,想听听我们家老齐的建议。"

李明俪听说新校长祁光鑫上任后常常请教师吃饭,好像是接触群众了解情况,他常常在午饭时请,大概可以节约时间。他也请过徐容国,老徐婉言谢绝了,但不少教师以此为一种荣幸。

国画课继续,年轻的傅老师在教室里四处走四处看,给这个改两笔,给那个添几笔。

倪冬花画的牡丹花像她的脸，浓妆艳抹，那些猩红的色彩堆砌在一起，缺乏层次，缺少氤氲之气。傅老师摇了摇头，虽然给她改了几笔，但是大局已定。

傅老师走到李明俪跟前，端详着她的画，浓淡相宜，层次井然，在几柄绿叶的衬托下，那几朵粉红色的牡丹花生机盎然。文如其人，画如其人。李明俪从来不浓妆艳抹，她出门往往淡淡几笔，唇膏也用原色的。

国画课后，李明俪推着婴儿车回家了，她要做晚饭了。

不知道波斯猫玩具是否在那时丢掉的？李明俪回想着。

4

孙子翼翼仍然为波斯猫玩具哭闹不已，不吃不喝，神仙一样。

徐容国沿着昨天推婴儿车的路找了一遍，尤其在湖边亭子前后细细寻找了，没有！

李明俪沿着昨天推婴儿车的路找了一遍，尤其在老年大学四周、教室里找了，没有！

儿子、儿媳回来了,把翼翼接走了,老两口松了一口气。

儿子、儿媳又沿着父母昨天走过的地方搜寻了很久,仍然没有波斯猫玩具的影子。

徐容国给顾一峰打电话,询问他昨天是否看到波斯猫玩具。

顾一峰说没有看见。电话里顾一峰有些欲言又止,他好像有什么事情想告诉徐容国,但是又吞吞吐吐。

徐容国有些不耐烦地说:"老顾,我们交往这么多年,你不是那种阴阳怪气的人,有话就说,有屁就放,有什么事情想说就说,不想说我就挂电话了!"

顾一峰小心翼翼地说:"老徐,别挂电话,我告诉你,你可别生气。齐龙欣昨天来我家,拿出一份材料,让我签字,我一看是老齐写的关于教授退休年龄的问题,是写给学校领导的,其中就提到了你老徐推迟退休的事,他提出作为学校的教授,应该一视同仁。他说先递给文学院,让文学院再送学校领导。我没有签字,我觉得这事与我无关。"

徐容国沉吟了半刻,说:"老顾,谢谢你。齐龙欣习惯写大字报,整黑材料。随他去吧!"

下午，况海生院长西装革履到了徐教授家，这是他博士毕业担任院长后第一次来导师家。李明俪开门时有些吃惊，故意说："院长大人来了，稀客，稀客！欢迎，欢迎！"

况海生谦卑地鞠了个躬，说："师母好！最近太忙了，没顾得上来看望老师、师母。"

徐容国将况海生让进书房，他不知道况院长有何事登门。

况海生看见徐教授书桌上的书稿校样，问："徐老师，您有什么事可以让学生做的，这校样我给您校对吧！"

徐容国说："不用，我的书稿都是我自己校对，有错讹的地方还可以更正。"徐容国不知道况海生上门是否有重要的事情说，是否会提到齐龙欣的那份"上书"。

况海生却说："徐老师，我听说你们家孙子的波斯猫玩具丢了，我让学生给找找吧！我们家儿子小时候也是这样，他玩的是被角，吃奶睡觉总是捏着那个小被子的被角，把那个被角捏得黑黑的硬硬的，换一床被子就不行！"

"不用了吧！反正翼翼已经给他父母接走了，我们对门的心理学刘教授说大一些就会改的。"徐容国淡淡地说。

况海生果然发动文学院的学生将校园里寻了个遍,也没有找到。

况海生还专门拟了一个寻猫启事,让师母将翼翼与波斯猫的合影发给他,裁剪下波斯猫部分,放大后插入寻猫启事里,校园里电线杆、梧桐树上都贴了这份寻猫启事。

过了几天,是学校发工资的日子。上午,徐容国上网一查,这个月的工资居然少了几千元。下午文学院开大会,徐容国去开会时顺便问了学院管工资的小李,小李上网一查,告诉徐容国:"徐教授,不好意思,学校已经将您的工资转到退管会去了,从这个月开始您领的是退休工资。"

徐容国愣了半晌,他没有说话,也不再去文学院的会议室参加会议了。

徐容国独自慢慢地踱回家,他心里有些愤愤然,他在这个学校工作了一辈子,他们居然这样不尊重人,齐龙欣的"上书"他可以理解,而他自己的学生况海生居然到他家也闭口不提这件事。况海生是他的硕士生,是他想方设法让他留校当教师,是他让况海生报考博士,是他尽心尽力地指导况海生的博士论文,而今况海生出息了,当了文学院院长了,在这件事情上即便不帮导师,也应该将信息预先透露一些。徐容国深深感到被捉弄了、受侮辱了,他不是不想退休,他知道退休是迟早的事,他也是有思想准备的,而且况海生今年刚刚毕业,明年因为博士生名额紧张,他也不再招收博士生了,况海生是他招收博士生的开门弟子,也是关门弟子。他怎么可以这样一声不吭,就将培养他的导师工资关系往退管会一转了之呢?怎么可以这样一点信息也不预先告诉呢?学校方面也怎么能够这样不尊重人呢?他是没有去应新校长请客吃饭,难道这就得罪了校长?他这辈子都贡献给了这所大学,学校怎么能够这样轻易处置这件事情呢?无论是文学院,还是人事处,至少在将他的工资关系转去退管会前,应该跟他说一声,打个招呼吧!

徐容国像喝醉了酒似的,有些昏昏沉沉,有些迷迷糊糊。在走到家门口的时候,徐容国想扶住株梧桐树喘一口气,身体却不由自主地软了、倒了,他倒在门口的那株梧桐树下,树身上还贴着寻猫启事。

对门的刘教授出门倒垃圾,看见倒下去的徐容国,他想将老徐扶起来,扶不动,他对着徐容国家大声喊:"徐师母,徐师母,老徐摔倒了,老徐摔倒了!"

随着房门的开启,最先冲出来的是徐教授家的那只泰迪犬,它箭一般地冲到徐教授身边,焦急地左跳右跳,用头往徐教授身上拱,它想让徐教授站起来。

李明俪慌忙来到丈夫身旁,她的脸色煞白,像徐容国的脸色一样。她拨打了120,急救车马上来了,将徐容国送进医院抢救。医生告诉李明俪,徐容国是脑溢血,大概受了什么刺激,好在溢血量不多,先不开颅,看看是否可以用保守疗法,实在不行再开颅。

儿子、儿媳带着孙子来看望爷爷了。大概已经过了几天,对波斯猫玩具的依恋已经过去,翼翼可以比较安心地吃奶、睡觉了。翼翼望着病榻上的徐容国,牙牙学语地叫唤"爷爷,爷爷"!徐容国脸上露出一丝笑容。

李明俪走进病房,告诉徐容国说:"文学院书记和院长来探望。"

徐容国坚毅地摇摇头,说:"请他们回去,我不想见他们。"

过了几天,徐容国可以出院了,儿子、儿媳带着翼翼,开了他们的奔驰轿车,将父母接回家。医生叮嘱，必须静养，不能受刺激。

打开家门的一刻，泰迪犬飞也似的冲了出来，摇头摆尾活蹦乱跳，一个劲地在徐容国脚下撒欢，在这一刻，不知怎么的，两滴眼泪溢出了徐容国的眼眶，回家的感觉真好！突然间，徐容国发现棕红色的泰迪犬嘴里居然叼着那只黑乎乎的波斯猫，它是在哪里找到的？

徐容国慢慢地坐进沙发里，李明俪从泰迪犬嘴里取下波斯猫，自言自语地说："是在哪里找到的？是在哪里找到的？"儿子在房间里查看了，说："大概波斯猫是掉到靠墙的床边了，夹在那里，你们看不到，泰迪从那里叼了出来。"李明俪将波斯猫递给翼翼，孙子好像已经不在乎这只脏兮兮的玩具猫了，儿媳将这只波斯猫玩具藏了，翼翼好像也无所谓。

第二天，徐容国拄着拐棍，由李明俪陪伴着在校园里散步，他们俩将学校电线杆上、梧桐树上的寻猫启事撕了，抛进了垃圾箱。他们走到湖边的亭子前，又看到齐龙欣和顾一峰在那里下棋，身后围着一些观战的人。他们俩都主动向徐容国打招呼："老徐，出院了？下棋吗？"徐容国向他们招招手、摇摇头，在夫人的搀扶下，慢慢走开了。

他们俩走到家门口的那株梧桐树前，发现居然没有将这株树上的寻猫启事撕掉。徐容国小心翼翼地撕的时候，想到那天他在这株树前晕晕乎乎倒下去的情景。

身后走过齐龙欣的夫人倪冬花，仍然是浓妆艳抹的她讨好似的问："徐教授，出院了？好好休养吧！"徐容国应付地点点头。

倪冬花有些故作惊奇地说："你们知道吗？校长祁光鑫被双规了！是他在原来学校主管招生时索贿受贿，肯定要判刑了！不知道又会派哪个来当校长？"

徐容国没有言语，李明俪礼节性地点点头。

徐容国将寻猫启事撕下来后，慢慢地将这张启事小心翼翼地折起来，他想将这寻猫启事收藏起来。他想人无论年纪大年纪小，大概都要寻找一点寄托，就像他们的孙子依恋波斯猫玩具一样，他想将他最后的一部书稿校对完以后，去寻找一些新的寄托。

（原载《黄河文学》 2017年第10期）

残荷

1

去北京出差,刚下飞机,就与老同学李莉莉联系,李莉莉说晚上设宴给我接风。我们大学在一个班,她是班文体委员,我是团支部文体委员,当年我们合作得很愉快,常常登台男女生二重唱,成为每次文艺活动的压轴戏,虽然我们之间并没有越过任何同学关系。李莉莉是我们班的才女,个子不高,圆圆脸、大大眼,能说会道,能歌善舞,大学毕业后她去北京攻读硕士、博士学位,后来留在北京,在文化部门工作。我毕业留校后也报考了研究生,也攻读硕士、博士学位，后来在大学任教，从讲师一直做到教授。李莉莉成为我异性的知心朋友，有些烦恼、麻烦我常常会打电话与她说，有时弄得我夫人也有些吃醋。

李莉莉是直爽人，快人快语口无遮拦，她的丈夫是一位企业家，收入颇丰，但是他们夫妻的感情并不好。一次大约是喝多了酒，李莉莉醉醺醺地与我碰杯后，居然在大庭广众之下对我说："丛教授，我当年怎么没有想到与你恋爱？"大家的哄笑声弄得我一时不知作何回答。其实，当年读书时，李莉莉几乎是个大众情人，很有几位男生执著地追求她。我是一个内敛识趣之人，根本不会去凑这样的热闹。

接风晚宴依然热闹，李莉莉让我请了几个我想见的朋友，另外几位在京的老同学。李莉莉在开宴前就宣布，这是她私人请客，不违反"八项纪律"。酒足饭饱后，李莉莉告诉我明天在中国美术馆有一个名为"残荷"的国画展开幕式，是我们相识的一位老朋友的个展，她问我有没有兴趣？我问画家是谁？李莉莉回答说是蒋俊才。我的眼前出现了这位朋友的面影：方面大耳、大眼阔庭，蒋俊才是我们一届的大学同学，不过我们在中文系，他在美术系，他毕业后留校在美术系任教,我毕业后留校在中文系任教,我们还做了好几年的邻居呢!

我第二天正好办完事,可以有时间观摩画展,且是多年不见的老朋友老邻居,我说我去。李莉莉递过一张观摩票,精美的观摩票打开,是一幅残荷的国画,背景是用浓墨绘就的残荷图,他用焦墨、泼墨、淡墨将一幅残荷的惨淡景象绘得惊心动魄。正面是一个女性的裸体,画家用夸张变形的笔调将女性的胴体凸显,那粉色的丰乳肥臀在浓墨的残荷映衬下格外醒目,绾起的发髻上插了一朵鲜红的月季花,和猩红色的嘴唇一起,呈现出诱惑人的性感。

晚宴后,李莉莉开车送我到酒店。我冲了澡后打开电视,荧屏上都是一些调笑娱乐的节目。我将电视关了,却一时没有睡意,眼前晃动着蒋俊才的面容,和那张观摩票上女性的丰乳肥臀。蒋俊才在大学读书时就小有名声,他的一幅国画入选了全国青年美术作品展,记得那幅画画的是知青上大学的题材,村口的一株千年老樟树下,一座老旧的石桥上,老村长送一位背着背包的知青小伙离开山村。他们俩身旁是一辆准备送他出村的手扶拖拉机,背后是一位老农牵着一头水牛。老村长和知青身旁围满了山村的男女娃娃,画幅的生动传神和切合时代得到了评委会的肯定。

当年我们一起留校后,都住在青年教工宿舍,我们俩是邻居。当时各自仅有一间住房,开头还在走廊里做饭,常常弄得走廊乌烟瘴气。蒋俊才是"文革"前的老高中生,年龄比我大几岁,已经成家了,孩子已经读小学了,他的夫人刘老师是他大学同学,毕业后在省城的一所中学任教。记得当年蒋俊才家门口的一口青边瓷缸里,常常养着荷花,夏日里荷叶旁常常会冒出几朵荷花,蒋俊才就对着荷花写生。蒋俊才家里有一块大大的画板,几乎像一张床铺一般大,铺开来好像占了房间六分之一的空间,蒋俊才常常在这块画板上作画,画山画水画荷花画仕女。我常常去他家看他作画,只见他提起毛笔,刷刷刷寥寥几笔,就将一幅幅充满意境的美景画出。到底是老高中生,蒋俊才知识面宽,文学、哲学、美学都颇有造诣,谈唐诗说宋词道元曲,都头头是道,谈亚里士多德、伏尔泰,说尼采、叔本华,都颇有见地。蒋俊才的夫人刘老师是贤妻良母,我们聊天时她常常给我们倒一杯茶,并不插嘴,自己做自己的事情去了。

学校后来为了改善青年教师的住房条件,在教工宿舍后面相应盖起了厨房,中间用过道通过去,让每家另外有了一间厨房，走廊里就再也没有乌烟瘴气了。我观赏蒋俊才画画、与蒋俊才聊天时，刘老师就去了后面的厨房间。我的感觉刘老师是一位内敛的人，她清秀贤惠、夫唱妇随，不太言语不喜欢张扬，我们住在隔壁，从来没有听到她高声说话，也从来没有听到他们夫妇拌嘴，我总觉得他们俩夫唱妇随是特别幸福的一对。当时我还没有找对象，心目中理想的对象应该是刘老师这一类女子。

蒋俊才属于那种才气横溢之人，读书多、善思考、擅表达，因此常常有一些女学生对他入迷，也常常有些女学生登门拜访，蒋俊才就会更加激情洋溢侃侃而谈。走过他的房门口，只要见到女学生的身影，就会看到蒋俊才声若洪钟挥斥方遒指点江山的英姿。

有一天晚上，住在蒋俊才隔壁的我，听到了前所未有的蒋俊才夫妇的争吵，模模糊糊蒙蒙眬眬听到刘老师在嘤嘤的哭泣声中骂蒋俊才，骂他"狼心狗肺"，骂他"朝三暮四"，骂他"恬不知耻"，他们连争吵也是文质彬彬的，没有那种泼妇骂街，没有那种拍手捶腿。后来我才知道，蒋俊才与体育系一位搞自由体操的青年女教师有染。那位齐老师与我们同住一层楼，苗苗条条的，文文静静的，常常在青年教工宿舍门口的草坪上练习自由体操，舞球、舞棍、舞圈、舞绸缎，柔弱无骨、妖娆妩媚，那体形、那舞姿、那神态，都沁出一种美感来。弄美术的对于美有着天然的敏感，蒋俊才常常叼着一只板烟斗，在窗口欣赏齐老师的舞姿，在吞云吐雾间两眼露出沉醉的表情。大约是住在同一层楼的关系，蒋俊才与齐鹤鸣渐渐熟识了，他们很聊得来，蒋俊才不愧很有口才，齐鹤鸣也就常常像我一样出现在蒋俊才家，看他画画、听他聊天，蒋俊才甚至为齐鹤鸣画了几幅画，画她舞动缎带的柔美与潇洒，画她舞动球操的婀娜与艳丽，蒋俊才用国画的挥洒勾勒出齐鹤鸣美艳的胴体，如一张拉开的弓，像一株柔弱的柳，那运动衫下坚挺的乳房、那结实的臀部，形成美丽的曲线，在墨色为主的画幅上，用大红勾勒她的樱桃小口，用五彩描绘飘动的彩绸，用红黄绿描绘腾起的彩球。我从画幅上看得出蒋俊才动了真情，那种对于美的迷恋对于女性身体的依恋，从他的画幅中喷薄而出。

那天晚上蒋俊才夫妇的争吵就源于蒋俊才与齐鹤鸣的关系。那天下午，刘老师的中学开运动会，她回来早了一些。她接到了美术学院院长的电话，让通知蒋俊才立刻去学院参与接待中央美院的一位教授。刘老师四处寻找蒋俊才，也敲我的门询问。后来刘老师去敲了齐鹤鸣的门，她听到房间里有声音，但是房门久久不开，在刘老师的不断敲击下，房门终于开了，房间里就只有蒋俊才和齐鹤鸣两个人，蒋俊才手里捧着一块写生的画板，画板上是齐鹤鸣裸体的写生。齐鹤鸣嗫嚅着解释说，蒋老师想创作一幅画，让我做他的模特儿。刘老师露出一种鄙夷与谴责的神情，蒋俊才提着画板跟着妻子回了家。谁也不知道蒋俊才与齐鹤鸣之间发生了什么，谁都知道齐鹤鸣给蒋俊才当了裸体模特儿，那天晚上蒋俊才夫妇争吵的缘起就在于此。

　　第二天是星期天，蒋俊才的母亲来了。蒋母像大家闺秀，长得清清秀秀白白净净，浑身上下收拾得干干净净，花白的头发绾在脑后，她的胸口常常佩戴着两朵栀子花或白兰花，她走到哪里总将那种隐约的花香带到哪里。后来听蒋俊才聊天时说起，他的父亲是省城有名的大药材商，省城的几个大药房都是他父亲开的，他父亲有五房太太，蒋俊才的母亲是第五房姨太太。大太太掌管了蒋家的财政。蒋老板是一个风流人，家里有了五房太太，他还常常去逛窑子吃花酒。解放后，公私合营时蒋家的药房都归国有了，政府让蒋老板决定与哪房太太过日子。新婚姻法规定一夫一妻制，蒋老板决定与原配夫人过日子，蒋老板知道只有大太太知道怎么照料他，其他的姨太太几乎都是需要蒋老板的照顾，只有大太太出身官宦人家，其他的姨太太不是出身窑子，就是出身戏子，第五房姨太太原先是采茶戏的名角，蒋老板天天去戏场捧角，终于将采茶戏名角捧回了家，作了蒋老板的第五房姨太太。解放初，五姨太也曾经重登舞台，但因为荒废太久、老剧目又不能演，而改行成为电影院的工作人员，卖卖电影票、打扫打扫影院卫生。五姨太没有再嫁人，她独自将蒋俊才拉扯大。蒋老板后来因为藏匿账本而被判刑，最后死在监狱中。

大概蒋母已经知道了儿子蒋俊才的花哨事，一见面也不管不顾场合，在走廊里劈头就给了蒋俊才两耳光，弄得我们旁边的几个邻居都十分惊诧，蒋母却矜持地对我们笑笑。蒋俊才捂着脸灰溜溜地躲进了房间，后来我在隔壁听到蒋母对蒋俊才的数落。我知道蒋俊才敬重他的母亲，他知道母亲抚养他长大的不易，蒋俊才的才情很大一部分是遗传了母亲的基因。

那件事情后不久，我考取了研究生，离开了这所大学，研究生毕业分配到另外一所大学任教。后来我知道蒋俊才的一幅以自由体操女教师为模特的国画《舞》，获得了全国美展二等奖。蒋俊才破格考入了中央美院的博士生，攻读国画专业的博士学位，毕业后留校，成为了一位有名的画家和学者。虽然我们之间没有了交往，但是常常能够在新闻媒体上看到蒋俊才的有关信息。

2

第二天上午8点半，李莉莉开车来宾馆接我，我们去中国美术馆参加蒋俊才个人美术展览《残荷》的开幕典礼。

坐落在东城区的中国美术馆仿古楼阁式建筑端庄华丽，黄色的琉璃瓦在早晨的阳光下熠熠闪光，毛泽东1963年题写的馆额"中国美术馆"大气磅礴。美术馆门口竖立着一块巨大的广告牌，牌上是《残荷》美术展的海报，依旧是那幅以残荷为背景的裸体女性画幅，到底放大的画幅与观摩票上的感觉不同，海报的画幅充满了诱惑力和艺术张力，甚至让人产生一种走进画境的想象。

大门口一身灰色绸缎中装、胸戴红花的光头，就是阔别多年的蒋俊才。他原先的一头黑发剃光了,光头在琉璃瓦的映衬下"光彩熠熠",方面大耳的蒋俊才神采奕奕笑容可掬地迎候来宾。我赶紧跨上几步握住了蒋俊才的手,说:"蒋兄,多年不见!您还认得我吗?"蒋俊才看了我一眼,故作幽默地说:"丛弟,不认识你了!你不就是那个著名的文学评论家吗?!"显然,我们之间虽然很久没有往来,但是相互的信息仍然十分关心。"祝贺蒋兄的美术展开幕!"我真诚地握着他的手说。"谢谢捧场!谢谢赐教!"蒋俊才拍了拍我的肩膀。

蒋俊才身旁站着一位女子,颀长的个子,穿着一件十分合身的织锦缎藕色旗袍,旗袍上绣着残荷的画幅,一看就知道是蒋俊才的笔墨。她的胸口也佩戴着与蒋俊才一样的胸花,我礼节性地上前与这位女子握了握手。蒋俊才给我介绍说:"丛弟,这位是你的嫂夫人秦雪麓。"我有些不解地望着蒋俊才,我想你的夫人不是刘老师吗?蒋俊才急急忙忙地迎着从轿车上走下的一位官员而去,我与李莉莉一起匆匆走进展厅。我有些不解地问李莉莉:"蒋俊才的夫人不是在中学任教的刘老师吗,现在怎么换了一位新夫人?"李莉莉说:"现在老夫少妻是一种时髦呀!你看人家杨振宁与翁帆不是很好吗？这有什么奇怪的，说明人家有魅力！"我仍然觉得有些怪异，到底当年我是看到过蒋俊才与刘老师夫妇的美满生活的，其实当年刘老师是我心目中贤妻良母的典范，不知道是蒋俊才抛弃了妻子，还是刘老师离开了蒋俊才。

在美术馆大厅正面的墙上是"蒋俊才《残荷》画展开幕式"几个大字，一看就知道出自蒋俊才的墨迹，主办单位是中央美院。嘉宾们移步大厅，蒋俊才的新夫人秦雪麓主持开幕式。秦雪麓虽然也明眸皓齿，也眉目传情，但是我心目中的蒋夫人仍然是那满脸贤惠的刘老师，那样自然坦然释然，而眼前的蒋夫人虽然年轻，但是总有几分矫揉造作。开幕式邀请了许多达官贵人，有文化部门领导、美院院长等致辞，也有画界巨头致辞，最后由蒋俊才本人致答谢辞。蒋俊才在致辞中感谢出席开幕式的官员、嘉宾，他还特意提出感谢他的夫人秦雪麓，感谢夫人对于他事业的支持，感谢夫人给予他各方面的关照。我站在听众中轻轻地鼓掌，恍然间我将穿着灰色绸缎中装的蒋俊才看作了一个乡绅、一个暴发户，那方面大耳的脸庞好像多了几分虚伪与狡诈。

开幕式结束了，我与李莉莉跟随着达官贵人们移步展厅,观摩蒋俊才绘画展。

我在蒋俊才的一幅幅画幅前流连,显然他的画已经进入了一种独特的境界,他以前描绘的小荷才露尖尖角,以前描绘的荷花绽放、莲蓬结籽,都已经销声匿迹了,没有了"接天莲叶无穷碧,映日荷花别样红"的境界。呈现在我面前的是各种残荷景象,这一幅是《秋风中的残荷》:荷塘中的残叶遭受着秋风的摧残,风将残荷的叶片刮得匍匐在水面,那种被摧残被蹂躏的感觉,让我想到罗丹的雕塑《老娼妇》;那一幅是《雷电中的残荷》:以层层叠叠乌云密布的黄昏为背景,一道闪电划开云层劈向荷塘,荷塘中的残叶如同被惊吓了一般,那残荷在闪电的映照下,像一张惊恐万分的脸。这一幅是《牧牛残荷图》:一牧童倒骑牛背上,横吹短笛,那荷塘残叶翻卷,如聆听笛声,那牧童的天真无邪,那远山的隐隐约约,让画幅洋溢着独特的意境;那一幅是《荷塘倦容图》:一仕女手握团扇,在秋菊金黄背景下的荷塘前,在残荷凄凉的境界里,手握一卷诗稿,在一张古色古香的躺椅上,伸着懒腰打哈欠。看得出蒋俊才残荷图中,浸透了中国古诗词的意境,也融汇了现代派的因素,画幅中的女性大多是以蒋俊才的夫人秦雪麓为模特儿的。

在画展休息区的角落，主办者特意安排了咖啡和红酒，我与李莉莉各自倒了一杯红酒，走到蒋俊才身边，举起酒杯与蒋俊才碰杯，表示对于画展的祝贺。我很想问问蒋俊才前妻刘老师的现况，想了想还是忍住了。我的脑海中突然溢出杜甫《佳人》的诗句："但见新人笑，哪闻旧人哭。"我回想起那年我在蒋俊才家隔壁听到他们夫妇的争吵声，听到刘老师嘤嘤的哭泣声和义愤填膺的斥责声，难道一切都是早有预兆的吗？

3

母校邀请我回校讲学，我欣然接受，去见见老师、见见同学，何乐而不为呢？演讲被安排在母校新建的图书馆演讲厅，听众主要是在读的研究生。等我登台一看，不禁吓一跳，台下坐着好几位当年教过我的老师们。在稍稍按捺住紧张的心情后，我真诚地向莅临会场的老师们鞠躬，说我是向我的老师们汇报来了。演讲很成功，演讲后与听众进行了互动，研究生们提出了不少问题，有关于学位论文选题的，有关于文学研究方法的，也有关于近年来学界抄袭之风的，我都十分实实在在地回答，一些难以在公众场合回答的问题，我便以让我考虑考虑为由自己找台阶下了。

晚饭后，我回到母校的宾馆，独自出门散步，在月牙湖边走了几圈后，我就向我以前的旧居走去。这幢六层的教工宿舍还在，后面新加筑的厨房也在。我走上楼梯，走到原先居住的房门前，显然这里早已有别人居住了，隔壁原先蒋俊才住的房间应该也早已换了房主吧！大概因为我太关注蒋俊才前妻刘老师的现况了，我敲了敲门，开门的显然不是刘老师，更不是蒋俊才，是一位青年男老师，大概像我当年刚留校时的年纪。他看看我，问："先生，您找谁啊？"我说："不好意思，我原来也在这个学校当老师，我原来住在你住的房间的隔壁，现在抽空回来看看。"那年轻男老师笑了笑："你原来住的房间，现在住的是魏建国，是化学系的，最近出国开会去了。我是美术学院的，我教油画，中央美院毕业的。"

"原来住在你房间的蒋俊才也是美术学院的，现在在中央美院。"我对他说。

"蒋俊才教授，我知道，他现在在中央美院！"他有些肃然起敬地说。

我问起蒋俊才的前妻刘老师，小伙子说他不知道，大概他来这个学校前他们就离开了。小伙子告诉我体育学院有一位教体操的女老师还住在这幢楼，她大概了解他们的情况。

我看看手表，才8点半。我按照小伙子的指点，敲响了体操老师家的门。房间里的人打开门，我一看，居然是我认识的齐鹤鸣老师！这么多年不见，虽然她已经徐娘半老，但是风韵犹存，虽然与年轻时相比，她稍稍发福了一些，头发也有些花白了，但是与我这样的走向发福的人相比，她仍然是苗条的。我问："齐老师，您还认识我吗？"

她仔细看了我几眼，有些恍然大悟似的握住我的手说："丛海峰，我们以前还是邻居呢！"齐鹤鸣热情地给我让座，说："一晃快三十年了！我们都老了！"

"我老了，你还没有老！"我接过齐老师端来的茶水回答。

齐老师告诉我，她其实在青山湖边有一套别墅，离开学校有不少路，她没有还这里的房子，她一般第二天有课或者有事就住在这里，更加方便一些。

谈话间，我就问起了蒋俊才夫人的情况。齐鹤鸣说，蒋俊才现在在中央美院当教授，当年她与蒋俊才其实没有超过同事之间的关系，只是她当了几回义务的模特儿，当时也闹得学校里议论纷纷。我说我听说了一些，具体的细节也不清楚，也没有听说您与蒋俊才有什么桃色事件，我们好像又回到了当年与蒋俊才一起聊天的状态。

齐鹤鸣苦笑着说："其实，那也是蒋俊才苦苦哀求的，他说他要创作一幅画参加全国美展，让我帮帮他，我当时觉得与他谈得来，帮帮他也没有什么了不起的事。谁知道后来事情闹得这么大，蒋俊才的母亲亲自去我们体育学院找领导告状，我当时是有嘴也说不清啊！"

"真的是往事不堪回首啊！"我感慨地说。"我离开后，蒋俊才夫妇之间发生了什么？"

"其实，那件事情以后，我几乎躲着蒋俊才，再也不与他见面，更别说当他的模特儿了！你知道刘老师是一个比较内向的人，她倒没有四处说，只是与蒋俊才处于一种冷战状态，她仍然承担了全部家务，买菜、做饭、辅导儿子，但是她几乎很少与蒋俊才说话，甚至在这幢楼里也很少能够听见刘老师的声音。我也曾经与刘老师几次在楼道里撞见，她只是对我微微一笑点点头，虽然她的眼神中露出一丝幽怨与嫉恨，但是她是那样矜持朴实。"齐鹤鸣捋了捋掉到眉间的头发说。

"后来蒋俊才怎么与刘老师分手的?"我想直奔主题,我没有用"离婚"这个词。

"你知道蒋俊才是一个比较外向的人,他喜欢思考、喜欢表达,处在家庭的那种冷战氛围中,他经受着煎熬。刘老师依旧上班下班、买菜做饭,只是变得更加沉默寡言。你知道蒋俊才原来常常画荷花,画那种小荷才露尖尖角的荷花,画那种含苞待放的荷花,画那种临风绽放的荷花,那一阵子蒋俊才开始画残荷,画深秋季节焦黄的荷叶、残败的荷塘,那种怨恨、那种焦灼、那种愤懑流泻在画笔上画幅间。"齐鹤鸣很有几分对于绘画的鉴赏力。

我瞪着迷惑的双眼望了望齐鹤鸣,我想尽快知道谜底。

齐鹤鸣品了一口茶,又说:"后来的事情是我们都没有想到的,蒋俊才后来在美术学院有一间个人的画室,他常常去画室看书作画。蒋俊才让一位女大学生到他的画室作裸体模特儿,被另一位女学生撞见了,那位女学生是蒋俊才的粉丝,因为妒忌心而告到学院里,蒋俊才本来就恃才孤傲,得罪了学院的不少人。事情被捅到了学校里,正好学校整顿校风校纪,蒋俊才受了处分，被发配到美术学院资料室当资料管理员。后来蒋俊才报考了中央美院的研究生，他是没有读硕士、直接破格报考的博士。其实，当时他们夫妇还没有离婚，是蒋俊才博士毕业留在美院，他去台湾某大学访学，对一位女研究生动手动脚，登上了台湾报纸，被称为'袭胸教授'。那时蒋俊才的夫人刘老师才提出与蒋俊才离婚的。"

"那么蒋俊才的儿子呢？"我问。

"他儿子后来出国留学了。蒋俊才考取博士后，刘老师把蒋母接了过来，精心照料。他们夫妇俩离婚后，刘老师仍然与蒋母住在一起，直到把老人送终。刘老师是好人哪！"齐鹤鸣发自内心地赞叹道。

"我当年找对象还以刘老师为参照呢！刘老师确实是一位有中国传统美德的女性！"我感慨地说。

我与齐鹤鸣互留手机号，我们以后可以保持联系，一别三十载，往事历历啊！

时间不早了，我向齐鹤鸣告辞，真心谢谢她的款待，谢谢她所讲述的故事。

我独自在六月的校园里漫步，不知道哪里传来隐隐约约的栀子花的香味。记得当年校园月牙湖边有一丛丛栀子花，我向月牙湖走去，果然看到湖边的栀子花开了,我的眼前似乎突然出现了蒋俊才母亲的身影,那清清瘦瘦干干净净的老人,那执著顽强将蒋俊才抚养大的老人,也似乎晃动着蒋俊才方面大耳的国字脸,晃动着蒋俊才前妻刘老师贤惠幽怨的眼神。

4

中午在省城的几位当年的学生设宴款待,那是我在这所大学任教担任班主任时的学生,现在也大多年近花甲了。酒足饭饱之时,突然接到了齐鹤鸣的电话,她十分兴奋地告诉说:"说到曹操,曹操就到。我们昨晚谈论蒋俊才,今天早上接到蒋俊才的电话,他告诉我他已经到了这里,他将在省博物馆举办他的个人画展,他先来看看展馆,接下来就会派人来布展。今天晚上我做东,为蒋俊才和您接风,您一定要来啊!"齐鹤鸣有些兴奋。

我问清楚了聚会地地点,告诉齐鹤鸣我一定去。

六月的省城温度已经开始升高了,中午穿一件短袖衬衫还有些热。午宴一直吃到下午两点,学生开车把我送到母校的宾馆,我冲了个凉,就上床休息了。睡梦中手机响了,拿起手机问:"哪位?"话筒里传出一个浑厚的男中音："是我，蒋俊才！今晚聚会你一定来啊！""我当然会去，人生三大幸事：洞房花烛夜，金榜题名时，他乡遇故知，我们是故乡遇故知，更应该聚会了！"我肯定地说。

五点刚过，我就迫不及待地出门打车，往荷花大酒店而去，晚宴安排在那里。

推开酒店的大门，见大厅里有一池荷花开得正盛，粉红的、洁白的、含苞欲放的，有几位姑娘在荷花池边拍照。

进入包厢，齐鹤鸣已经到了，她在忙碌着点菜。齐鹤鸣故作神秘地说："我今天还请到了一位稀客，你今天来得值了！"

我问稀客是谁，齐鹤鸣诡谲地说："您别急，等一下您就知道了！"

客人陆陆续续来到，大半是我的熟人，也有几位不认识的，齐鹤鸣一一介绍。

蒋俊才到了，穿了一身香云纱的短袖中装，光头刮得铮亮，身边是他那位新夫人秦雪麓，穿着一条绘着盛开荷花的连衣裙。齐鹤鸣让大家都入座，最后出现的竟然是蒋俊才的前妻刘老师，不知道齐鹤鸣是否告诉蒋俊才请了刘老师，我见蒋俊才见到他的前妻，神色有些尴尬与内疚。

刘老师显然已经有些苍老了,与依然精神矍铄的蒋俊才相比,在精神气等方面不能同日而语。刘老师款款地在我身旁坐下,这也是齐鹤鸣特意安排的。刘老师认出了我这个老邻居,她与我握了握手,在这个六月天,她的手居然那么凉!我问她现在怎么样?刘老师淡淡一笑说:"我刚从美国回来,在儿子那里住了两个月,做义务保姆,给儿子看孩子。现在孩子大了一些,我还是回来了,我还是习惯在这里的生活,美国生活条件虽然不错,但是总很不习惯。"

还没有开宴,蒋俊才给各位送上他新出的题名为《残荷》的画册,画册印刷得十分精美,虽然那些画幅我大多在中国美术馆的展览上看过,但是捧在手里欣赏,感觉还是不一样。酒杯举起后,宴会开始了,东道主齐鹤鸣表示对于远道而来的客人的敬意和感谢。

酒宴中围绕着《残荷》画册谈开了话题,蒋俊才仍然是一管板烟斗,他彬彬有礼地征得大家的允诺,让秦雪麓帮他装上板烟后呲啦呲啦地抽了起来。蒋俊才谈论起古人画荷,口若悬河侃侃而谈:"中国古人画荷已成风气,荷花出淤泥而不染,已经成为一种品格的象征。南宋吴炳的《出水芙蓉图》太艳，明代陈洪绶的《鸳鸯荷花图》太丽，清代恽寿平的《荷花芦草图》太冷，清代唐艾的《荷花图》太粉，清代吴振武的《荷花鸳鸯图》太实，清代恽冰的《蒲塘秋艳图》太娇，我还是喜欢明代徐渭画荷清新奇巧浓淡相宜，我还是喜欢八大山人朱耷画荷用笔放逸独具生气。"

我接着蒋俊才的话题说："古人写荷花的诗也很多，唐代李白《渌水曲》'荷花娇欲语，愁杀荡舟人'，太娇；宋朝杨万里《红白莲》'红白莲花开共塘，两般颜色一般香。'太实；宋朝苏洞《荷花》'荷花宫样美人妆，荷叶临风翠作裳'，太艳；宋朝白玉蟾《荷花》'小桥划水剪荷花，两岸西风晕晚霞'，有境界；宋朝释仲殊《荷花》'水中仙子并红腮，一点芳心两处开'，有意味。写荷花多，写残荷少。写残荷诗如唐代李群玉《北亭》'荷花向尽秋光晚，零落残红绿沼中'，有意境；晚唐李商隐《宿骆氏亭寄怀崔雍崔衮》'秋阴不散霜飞晚，留得枯荷听雨声'，有心境。"

刘老师到底是学美术的，她淡淡一笑说："其实古人无论画画，还是作诗，把自己的心境、性情融入画作中、诗歌里，大概是作品更有韵味的原因吧！"激起大家的掌声。

话题从荷花转入现实，又从现实转向过去，就有人叩问蒋俊才当年借用齐鹤鸣当模特儿的事，叩问者略去了"裸体"两字。

齐鹤鸣立即接过话题说："这是三十年前的冤案，现在我当着蒋俊才的面，当着刘老师的面，当着大家的面，毫无愧色地说，我当年是清白的，我与蒋俊才只是朋友关系！不然我今天也不会请客，我也不会让蒋俊才与刘老师一起来！"酒宴上突然之间清静了，大家放下酒杯望着齐鹤鸣，望着刘老师，也望着秦雪麓，大家都有些不知所措。

坐在我身旁的刘老师落落大方地站起身，她举起酒杯说："都是老皇历了。谢谢齐老师，谢谢大家，我相信齐老师说的，我与蒋俊才夫妻一场，虽然分手了，我仍然希望他过得好。今天我出席聚会，也想看看他，看看他的夫人。我衷心祝福蒋俊才、秦雪麓夫妇幸福！"

蒋俊才有些动情，他站起身举起杯，对着他的前妻说："谢谢您，谢谢您对我的宽容，谢谢您代我为母亲送终！谢谢您给我们的祝福！"

秦雪麓也站起身给刘老师敬酒，她好像不知道怎么称呼，最后还是说："刘老师，谢谢您！谢谢您！"

酒宴尾声中，大家纷纷给齐鹤鸣敬酒，感谢她的精心安排，感谢她的破费。齐鹤鸣却真诚地给大家敬酒，说："其实，应该我来感谢大家，是大家给我一个机会，澄清三十年来埋在我心中的委屈，谢谢大家！"

在大家起身离开时，蒋俊才走近刘老师的身边说："能否请您帮一下忙，明天陪我们去给我妈妈的墓祭扫？"刘老师站起身，点点头。

我捧着蒋俊才的画册《残荷》离开酒店，齐鹤鸣送我回母校宾馆，我忽然想到，我问齐鹤鸣："你说蒋俊才画残荷蕴含着怎样的情感？你看刘老师现在是否有一种残荷的意味？"

齐鹤鸣笑笑说："我看刘老师的境界很高，她宽恕了过去的一切。我听说刘老师在几个老年大学开设美术课，很受欢迎，礼拜天她都去教堂听讲道，她活得比我们都充实。你、我，还有蒋俊才，都还在为名声所累的时候，刘老师早已超脱了，否则她也不会出席今天的聚会。"

我突然想到李商隐的诗《暮秋独游曲江》："荷叶生时春恨生，荷叶枯时秋恨成。深知身在情长在，怅望江头江水声。"这首诗将恨与荷叶融在一起，因为情长在而生恨，而现在的刘老师情长在却摆脱了恨，这是一般人难以做到的。我愿天下有情人都成眷属,我愿天下无情者都摆脱憎恨。

(原载《小说界》 2016年第6期)

北戴河之恋

将虚构的故事放在真实的场景中,把怀旧的情绪寄寓在塑造的人物上。

1

北戴河之行,成为了刘海翔的一个绮丽的梦;北戴河之行,成为了戴娜娜的一个反省的梦。

刘海翔参加北戴河休假团,抵达北戴河××之家时,他做梦也没有想到居然与阔别二十五年的女同学戴娜娜邂逅了。在××之家的登记处,是戴娜娜先认出了他,她喊了一声:"刘海翔,老同学!"戴娜娜穿了一身墨绿色的连衣裙,胸口的一朵黄色绢菊花特别显眼。刘海翔居然一时没有认出她,戴娜娜却张开双臂迎了过来,刘海翔瞪着一双迷惑的眼睛问:"您是?……""我是戴娜娜啊!你不认识老同学了吗?"戴娜娜几乎是扑了过来,一把将刘海翔拥抱在怀里,弄得在一旁的刘海翔夫人陈雪雅有些不知所措,好像是蓝天里飞来的一只苍鹰,将羊群里的一只领头羊叼走了一般。

刘海翔几乎是挣脱出戴娜娜的怀抱,赶紧介绍说:"这是我大学同学戴娜娜,这是我太太陈雪雅。"到底是诗人,戴娜娜还是那样热情,她上前一步拥抱了刘夫人,当然是礼节性的,不像拥抱刘海翔那样激情万分,刘夫人在高挑的戴娜娜怀抱里,有几分尴尬,她笑了笑。

戴娜娜松开拥抱,对陈雪雅歉意地说:"嫂子,别见怪,我们老同学毕业后就没有见过面,上次我们毕业二十五周年的聚会,海翔去国外讲学了,也没有见到他,今天见了,我有些激动,您别见怪!"陈雪雅捋了捋被碰落到耳鬓的一缕头发,说:"哪能呢,老同学见面当然高兴啰!"戴娜娜拖过她身边的一位女子介绍说:"这是我妹妹戴圆圆,这是我老同学刘海翔,这是刘夫人。我妹妹原来是话剧团的演员，现在在省文联工作。"戴圆圆比姐姐苗条，穿着猩红色的连衣裙，长发披肩，手指甲、脚指甲都涂了红色的蔻丹，十分艳丽。刘海翔与戴圆圆礼节性地握了握手，到底是演员，戴圆圆明眸皓齿，脸上的表情比戴娜娜丰富得多。

刘海翔与戴娜娜当年读大学时，都是班级里的活跃分子，他们都喜欢写诗，戴娜娜当时就有不少诗歌发表在报刊上，刘海翔却将大半精力用在毕业论文上。毕业时刘海翔留校任教，戴娜娜被分配去省报当编辑。虽然他们毕业后就没有再见过面，但是他们互相之间的信息还是多少了解一些。戴娜娜后来与报社副老总结婚，生了一个男孩，她的诗歌在全国都有一定的影响，后来她随丈夫南下，在南方的一家报社供职。后来与丈夫离婚，她独自带着孩子。刘海翔考取了研究生，毕业后分配到另一所大学任教，后来又出国攻读博士学位，回国后成为一位知名学者。

刘海翔与夫人住在2405室，戴娜娜姐妹住2403室，他们比邻而居。合上房门打开行李时，刘海翔发现夫人的脸色有些异样，便悻悻地问："怎么啦？吃醋啦？"夫人撇了撇嘴说："哪有这么多醋吃！你自己不要感觉太好!"等到一切安顿下来后,刘海翔烧了一壶水,泡上一杯绿茶。他突然听见妻子说:"刘海翔,你老实交代,你当年与戴娜娜有没有暧昧关系?""哪能呢?你'暧昧'这词用错了,我们读书时是好朋友,根本没有其他任何关系,你别瞎猜啊!"刘海翔解释道,脸色却有些不自然。

晚饭6点开始,刘海翔去敲了戴娜娜的门,看得出她们姐妹俩都精心打扮了,她们都换了便装,虽然没有搽口红,但是眉眼间的略施粉黛可以看出。吃饭是圆桌,自由组合,落座后,大家做了自我介绍,另外六人,一家是诗刊退休主编夫妇带着小孙子,另一家是作家祁樱花与女儿,还有一位是现代派男诗人,笔名杂乱,他颇有一种中西糅合现代派的风度,穿着对襟的中装上衣,头顶上是扎起来的一个小辫。晚饭的菜很丰盛,海螃蟹煮南瓜、鲜炒蛏子、蛤蜊蒸蛋、麻辣鸭头、红烧鲈鱼,戴娜娜建议用公筷,大家一致赞成。大概都饿了,一桌菜风卷残云,一会儿大多盘子就见底了。

饭后,妻子说要上楼洗澡,刘海翔说要在院子里散散步。××之家坐落于安一路,毗邻中华全国总工会疗养院,现在已经过了盛夏,院子里有两株银杏树，一株的叶子已经泛黄，另一株的叶子还是青绿的，还有几棵松树，翠叶虬枝显得颇有生气。最奇的是院子里的两株核桃树，枝繁叶茂果实累累，累累果实已经将树枝压弯了，用几根木棍将坠落的树枝叉起。核桃树下白色钢铸座椅已经坐了人，抽烟聊天一副悠闲状。刘海翔散了一会儿步，他在核桃树下的白色座椅上坐下，点起一支烟吞云吐雾，在烟雾的袅袅中，闭目养神放松身体放松心情。

"闭目养神啊？"戴娜娜站在刘海翔的面前，刘海翔睁开眼，让戴娜娜坐下。

"大教授，我们已经二十五年没见面了！时间真快啊！我已经变成了一个老太太了！"戴娜娜感叹说。

"大诗人，你还年轻啊，我记得你比我还小三岁呢！你现在生活得怎么样？"刘海翔推了推鼻梁上的眼镜问。

"还能怎么样啊，自从八年前与老熊离婚后，我就独自带着儿子，现在儿子已经出国工作了，我也轻松了。"戴娜娜脸上露出一种满不在乎的表情。

"没有想再成一个家？不找一个老来伴吗？"刘海翔真诚地问。

"不想再折腾了，现在这样很好，可以独来独往无牵无挂！"戴娜娜在刘海翔的手背上亲昵地拍了一下。

"我看到我们班毕业二十五年聚会的录像，你好像比那时候消瘦多了？"刘海翔小心地选择着字眼问，其实他是想说"你比那时候老了很多"，但是他不能这样说，戴娜娜读书时是学校才貌双全的校花，现在她的脸上已干枯了，已经有了明显的老态。

戴娜娜是爽直人，她一针见血地说："你是说我老了吧？不用这样躲躲闪闪的，老了就是老了，这是无法摆脱的事实。我现在常常怕照镜子，我自己都不愿意看我自己这张老脸了！"

"你说哪里的话呀？你依然美丽动人，用我在读书时才知道的那两个词是'风韵犹存'、'楚楚动人'！"刘海翔亲密地摸了摸戴娜娜的手背。

戴娜娜抬眼望了望院子里的两棵银杏树，说："我就是那株已发黄的银杏树，你还是那株青绿色的！"

"别胡说八道了，我还长你三岁呢！"刘海翔猛吸了一口烟，将烟头掐灭，抛进垃圾箱。

"二十五周年同学聚会后，我做了甲状腺手术，两边的甲状腺摘除后对人的影响很大，虽然一直在吃药,也不见效,好在身体状况还可以。我还每天练瑜伽,我的瑜伽还很专业呢!"戴娜娜笑了笑,站起身金鸡独立,将一条腿往上伸直,将两手合十,颇有一点瑜伽功力。

"你的瑜伽功夫不错,很有境界了!"刘海翔赞叹道。

戴娜娜拍了拍刘海翔的肩膀,说:"老同学,我要上楼了,明天再聊。"

"Good night!"刘海翔挥了挥手,习惯性地说了句英语。

2

刘海翔上楼打开房门,妻子陈雪雅已经洗过澡睡着了,大概旅途劳顿,鼾声一声比一声响。

刘海翔洗澡、漱口后,躺上床,熄了灯。房间里两张单人床,他与妻子一人睡一张,互相不干扰。他的眼前都是戴娜娜做瑜伽金鸡独立的那张苍老的脸,好像是经过烤炉的烘烤,那张脸已经没有了多少水分,虽然还没有多少皱纹,但是干枯、干涩、干燥,不像读书时才貌双全的戴娜娜。读书时的戴娜娜鹅蛋脸上容光焕发，每个毛孔都冒着青春的气息，她那种青春靓丽、热情洋溢、率真坦诚，让戴娜娜成为学校里的女神，成为许多男同学追慕的对象。戴娜娜是那种敢说敢做的人，读书时她常常喜欢穿白色的连衣裙，有人给她取了个外号"戴梦露"。

空调的声音、妻子的鼾声搅合在一起，让刘海翔难以入眠，他的眼前晃动着读书时戴娜娜那张青春靓丽的脸。

20世纪80年代是一个昂扬向上充满激情的年代，大学成为那些被时代耽搁的大学生的圣地，求学若渴珍惜时间成为共性，图书馆、教室里常常满座，上课前常常要去占座位，希望坐在前排听清楚老师讲的每一句话。班上不少同学是从农村考来的，大多是已婚的，有的甚至已经有了三四个孩子，一位同学的裤子是用化肥袋做的，隐约看得见化肥商标。刘海翔考入中文系后担任班团委文体委员，戴娜娜小提琴拉得好，被推举为班文体委员。刘海翔与戴娜娜为班级文体工作常常需要商量，学校开联欢会、班级搞文艺汇演，他们俩就忙乎了。他们俩又有共同的爱好，喜欢诗歌创作，也常常在一起谈诗歌艺术。刘海翔性格偏内向，戴娜娜性格偏外向，他们俩合作得不错。

戴娜娜在学校是一个引人瞩目的人物，她的两首爱情诗作发表，引起学校轰动。她不仅聪慧，而且艳丽，明眸皓齿，鼻梁挺挺，尤其是鹅蛋脸盘上的一对酒窝，笑起来迷倒许多男同学。戴娜娜站在舞台上，将她的那把擦得锃亮的小提琴搁在她细长的脖子上，优美的音乐便汩汩流出，让男人们都目不转睛了，也有不少女性的眼光，充满了羡慕、妒忌、恨。戴娜娜是心里憋不住事情的人，很多事情她都会告诉刘海翔，外语系、体育系的几个男生追求她，戴娜娜还将他们写给她的情书给刘海翔看，她甚至给体育系男生的情书改错别字，当着刘海翔面将修改后的情书还给那男生，弄得那高高大大的男生一下脸红到了脖子根。

大约刘海翔与戴娜娜交往多了，他们相互间就越来越了解，他们之间好像谁也离不开谁似的。戴娜娜常常缺课，就总将刘海翔的课堂笔记借来抄；刘海翔也抽暇写诗，戴娜娜总是第一个读者。大学三年级第一学期，戴娜娜因为肝炎住院了，是刘海翔用自行车载她去的，戴娜娜觉得浑身乏力、胃口极差，刘海翔让戴娜娜去医院看看，她不想去，卧在床上有气无力，让人怜悯。刘海翔坚持让戴娜娜去医院，当验血报告出来后，戴娜娜被诊断为肝炎。戴娜娜住院后，刘海翔就忙碌了，他常常为戴娜娜送这送那，他甚至去饭店买些鱼汤、肉汤，用保温饭盒送去医院。有同学提醒说，戴娜娜患的是肝炎，是会传染的，让刘海翔小心，别被传染了，刘海翔却依然我行我素。肝炎痊愈出院后，戴娜娜特地请刘海翔坐火车去她们家吃饭，刘海翔见到了戴娜娜的父母，一位军区副司令员，"文革"时被打倒，后来又复出，一位部队的女军医，她有挑剔的眼神。那餐饭吃得很辛苦，副司令员总笑嘻嘻地给刘海翔挟菜，女军医却不断地问这问那，家庭、父母、兄弟，像调查户口似的，弄得刘海翔浑身不舒坦。吃完饭，放下筷子，刘海翔就匆匆离开了，走出大门，刘海翔才长长地舒了一口气。

刘海翔发现戴娜娜常常见不到人影，听说她与省报副刊的主编熊龙威来往密切。戴娜娜的诗作常常在省报的副刊发表，戴娜娜的名声越来越大，她已经成为著名青年诗人之一。刘海翔忙碌于学位论文的写作，钻在图书馆里查阅资料，他的论文以当代诗歌为论题，戴娜娜的诗作也成为他论文的研究对象，戴娜娜诗中跳荡的激情、奔放的思绪、大胆的手法常常激动着他。大约由于久不见面，刘海翔突然觉得有些思念戴娜娜了，他梳理了自己的内心，觉得自己好像爱上戴娜娜了。他写了几句小诗，另外写了几句话，十分含蓄地表达内心的情愫，夹在一本准备还给戴娜娜的书里，让她同寝室的同学转交。刘海翔的小诗题目为《寄情》：

飞蛾扑火为光明，粉蝶投花爱芳馨。
心底春潮抑不住，烛下挥毫寄痴情。

情诗转交后，许久没有回音，也没有见到戴娜娜。三天后，在去食堂的路上见到戴娜娜的背影，刘海翔赶紧追了上去，急匆匆地问："你收到了我还你的书吗？""晓茵交给我了。"戴娜娜漫不经心地回答。"看到我给你的信吗？"刘海翔问。"没有见到信啊。"戴娜娜说。"我夹在书里的。"刘海翔说。"我还没有打开！"戴娜娜淡然地说。后来在课堂里，上课前戴娜娜递了一张小纸条给刘海翔，上面两行字："海翔，你的信我看了，我觉得我们不合适，请你另择高枝吧！"刘海翔后来才知道，当时戴娜娜正与省报副刊的主编熊龙威在热恋中呢！

刘海翔后来在气馁中写了几首小诗，表达内心的凄苦。

折磨

摧肝折肠苦太多,自酿苦酒自折磨;纵是月明星稀时,醉中强笑对影说。

寂寞

热泪强咽甘寂寞,书斋春秋扉深锁;案前春心雨滴碎,枕中秋梦月照破。

几首诗转给戴娜娜后,如石沉大海杳无音讯,刘海翔心里空落落的,他此时还不知道戴娜娜已经另有所爱了。后来刘海翔觉得戴娜娜在故意躲避他,他渐渐也醒悟了,便又拟一首小诗《绝情》:

长夜难眠苦愁多,是热是冷总难说。收拾往事与诗情,抛入大江逐清波。

刘海翔决意与这段单恋的感情诀别,将精力转到学位论文的撰写。后来他的学位论文获得了优秀,为他最后留校任教奠定了基础。

毕业前夕班里决定组织一台毕业联欢节目，这就又让刘海翔与戴娜娜合作了一回。刘海翔是分团委文体委员，戴娜娜是班文体委员，从节目的拟定，到演员的遴选，从节目的彩排，到舞台的设计，他们俩都有商有量的。他们班上人才不少，独唱的、合唱的、表演相声的、跳舞蹈的，一台节目弄得像模像样。节目中少不了戴娜娜的小提琴独奏，刘海翔则参加了男生小组唱。那天节目在学校大礼堂演出，戴娜娜提出由于舞台灯光很亮，上台演出的男生女生都应该化妆，包括涂抹胭脂、口红。刘海翔有生之年第一次涂脂抹粉，戴娜娜干练地为大家在教室里化妆。刘海翔与戴娜娜是组织者，他们就让其他演员先化妆，化妆完的演员们先将道具等搬去大礼堂，等到最后戴娜娜给刘海翔化妆时，亮堂堂的教室里只剩下他们俩。戴娜娜先给刘海翔两颊薄施胭脂，她像端详一件艺术品一样，左看看右看看，戴娜娜的脸离开刘海翔那么近，那对扑闪扑闪的大眼睛，那眼睛上长长的睫毛，那个挺直的鼻梁，尤其是那已抹了猩红口红的唇，那么诱惑地呈现在刘海翔的眼前。戴娜娜为刘海翔抹口红时，她的鼻息就在刘海翔脸上拂过，她的胸脯就在刘海翔的胸口贴着，弄得他心旌摇荡难以把持，望望空荡荡的教室，刘海翔突然奋不顾身地向戴娜娜吻去。在突然的惊愕过后，戴娜娜更是以一种近乎疯狂的举动，狂吻着刘海翔的双唇，她两手捧住刘海翔的脸，狠狠地吻着、啃着，弄得刘海翔透不过气来几乎窒息。等到刘海翔几乎是强行推开戴娜娜时，望着刘海翔惊愕的表情，戴娜娜不禁哈哈大笑了。

人是一种复杂的高级动物，在戴娜娜的心里，熊龙威就像一间宽敞的大房间，在里面可以有舒适的生活，却缺乏生活的情调；而刘海翔却像一间逼仄的小阁楼，虽然可以有生活情调，但是却不舒适。与熊龙威的交往让戴娜娜的诗作在省报屡屡刊载，戴娜娜也希望能够去省报当编辑，但是她在与熊龙威的交往中，总觉得熊龙威过于老谋深算，常常猜不透他心里想什么，她有时想断绝与熊龙威的交往，但是她已经成为熊龙威鹰爪下的猎物，那锋利的鹰爪已经扣进了她的肉里，她摆脱不了了。刘海翔真诚朴实，像一汪清泉一眼望得到底，她知道刘海翔对她的真情，但是她觉得自己不能辜负了他，内心的种种矛盾让她故意疏远了刘海翔，当刘海翔突如其来地亲吻了她后，戴娜娜潜伏在内心的真情被激发了，她便呈现出火山喷涌般的激情，弄得她自己也有些莫名其妙了。

他们补了妆匆匆赶去了礼堂。演出非常成功，这成为他们班毕业前的一次辉煌，也成为刘海翔一生中最难忘怀的记忆，那是刘海翔的初吻。

毕业后，刘海翔留校任教，戴娜娜去报社任编辑。后来戴娜娜与熊龙威结婚了，婚礼没有邀请刘海翔。后来戴娜娜与熊龙威双双去了南方某城市一家报社工作，戴娜娜成为了全国知名的诗人，熊龙威成了报社老总，后来传闻戴娜娜与熊龙威离了婚。

妻子的鼾声依然此起彼伏，刘海翔的脑海中演绎着大学生活的一幕幕，不知何时他也迷迷糊糊地睡着了。

3

在南方各地高温季节，到北戴河避暑是一种休养生息。这里已经过了盛夏，气候宜人温度适宜，甚至在房间里可以不开空调，稍稍打开一点窗就可以安然入睡。

清晨，刘海翔被窗外院子里的声音吵醒，推开窗户一看，院子里有一位拳师在教太极拳。拳师中式缎子对襟衫裤，举手投足间有飘飘欲仙的感觉。跟着学太极拳的七八个人，从背后看去身材高高矮矮瘦瘦胖胖的，戴娜娜匀称的身影在人群中有鹤立鸡群之感。她穿着平时练瑜伽的绿色练功服，像一株绿色的橄榄树，充满着生气。刘海翔洗漱后匆匆下楼，跟随大家一起学太极拳。见到刘海翔，戴娜娜回头微微一笑，刘海翔想起昨夜他对校园生活的回忆，不禁对戴娜娜颇有意味地笑笑。大概由于做瑜伽，戴娜娜的身材仍然保持得很好，曲线优美、动作端庄，刘海翔跟在她背后一起学打太极拳。

早饭的时候，戴娜娜对刘海翔说，她昨晚想到了他们大学的生活，刘海翔有点吃惊地说："我昨晚也想到了我们的大学生活！"戴娜娜说："我们班已经有五个同学作古了！"刘海翔说："我知道体育委员马壮清是出车祸去世的，打篮球的周文雄是心肌梗塞走的。还有谁呀？""那个喜欢跳舞的周丽丽是被她丈夫杀死的，丈夫说她出轨，后来她丈夫被判死缓。家在农村的班长齐铁生在县中学当老师，在一次回家途中，他骑的自行车经过抽水机的电线，电线漏电，他当场触电而死。还有那个喜欢抽烟的老烟枪顾峻峰是得肺癌去世的。"戴娜娜有些感伤地说。

吃早饭时,诗人杂乱将他新出版的一本诗集《流浪之讴》送给戴圆圆,戴圆圆笑嘻嘻地接过念诗集名字,她将"讴"念作了"区",诗人杂乱给她纠正说:"念'讴',不念'区',讴歌的'讴'。""什么讴哥讴妹的,念字念一边,大多是不错的!"戴圆圆忸怩作态地说。她今天穿了一件粉色的吊带裙,肩背露出的地方不少。诗人杂乱无奈地说:"随你吧,你想念什么就念什么吧!"

北戴河××之家安排的休假活动科学合理,活动都安排在上午。上午游览鸽子窝公园,一辆大巴、一辆中巴载休假团成员往目的地而去。见中巴比较空,刘海翔就登上了中巴。今天陈雪雅穿了一件红色露肩的连衣裙,小鸟依人似的坐在刘海翔身旁。戴娜娜穿了一袭藕色的吊带裙,披着棉麻米色的披风,戴了一副宽边的墨镜,提着一只麦秆编织的挎包,她坐在了刘海翔夫妇的身后。刘海翔问戴娜娜:"你妹妹没有上车啊?"戴娜娜说:"让那个梳小辫子的诗人叫去了那辆大巴!"

鸽子窝公园位于北戴河海滨东北角,因临海悬崖曾是野鸽的栖息地而命名。这里被誉为观赏北戴河日出的最佳处,1954年夏,毛泽东在此写下《浪淘沙·

北戴河》的不朽诗篇。下车说明了集合的时间、地点后,女导游就"放羊"了,让大家自由活动,休假团就五个一组、六个一拨闲逛起来。刘海翔、陈雪雅、戴娜娜、戴圆圆、诗人杂乱就自然地形成一组,他们登临海畔的崖石。戴圆圆忘了换鞋,她穿着一双猩红色的高跟鞋,显然走山道有些费力,诗人杂乱屁颠颠地为她提着那只米色香奈儿名牌包,落在了后面。陈雪雅挽着戴娜娜胳膊登上了崖顶。右首海滩美景一望收,一湾沙滩上一个个鸟窝一样的遮阳篷,沙滩上的游人和游船,拍岸的碧蓝海水和海滩的红屋顶,形成一幅令人心旷神怡的海景图。陈雪雅兴奋异常地伸出双手大喊:"大海,我来了!"像一个乳臭未干的孩子。

走进金碧辉煌的望海长廊,那雕梁画栋、那花卉鸟虫,让人恍若走在颐和园。不少游人在长廊小憩,长廊右首是酷似雄鹰屹立的鹰角石,这因地层断裂形成的临海悬崖,就像一只展翅的雄鹰即将腾飞。戴娜娜建议以鹰角石为背景为刘海翔、陈雪雅夫妇合影,陈雪雅挽着刘海翔,她的一袭红裙在蓝天碧海的映衬下十分醒目。陈雪雅提议为刘海翔和戴娜娜合影,戴娜娜落落大方地上前,也挽住老同学的胳膊,露出迷人的笑容。

他们沿着台阶来到毛泽东雕像前。被塑造在山石上的毛泽东塑像魁梧端庄，临风眺望，大氅被风吹起了一角，基座大理石上刻着毛泽东的词《浪淘沙·北戴河》。刘海翔说："毛泽东是最有帝王气的领袖，他的诗词都洋溢着舍我其谁的帝王豪气。"戴娜娜说："从诗人词人的角度，毛泽东的造诣当代领袖无人能比，你看这首词开篇就将浩渺阔大的北戴河海景绘出。词的下阕回溯历史、观照现实，借用魏武帝曹操班师回朝观海上日出时写下《观沧海》之事，抒写伟人换了人间的博大胸襟。"戴娜娜不愧是著名诗人，她对毛泽东的诗词有非常深刻的理解。

他们登鹰角亭观海、临鸳鸯湖望舟，滨海的大潮滩上，一艘艘海蓝色的木船或搁浅或漂浮，游客纷纷赤脚下海，捡海蛤蜊，挖海螃蟹，一群群白鸽在沙渚上觅食，一瞬间张开翅膀飞上蓝天，像腾起一片片白云。他们仨沿着竖有荷兰风车的木栈道，慢慢走向门口的集合地。过了许久，他们才看到诗人杂乱扶着戴圆圆一瘸一拐地走来，杂乱解释说："圆圆刚才下坡时，不小心扭了脚踝。"他已经省略了戴圆圆的姓。戴圆圆撅着樱桃小口说："这个鬼地方，没有啥玩的，现在脚崴了,明天怎么出行呢?"戴娜娜说:"不碍事,我那里有伤筋膏药,用热水敷敷,再贴上膏药,很快就会好的!"返程的车上,戴圆圆坐到中巴上,姐姐戴娜娜不停地揉搓着戴圆圆的脚踝。

4

晚饭时,食堂的入口处有晚上放映电影的小海报, 7:40在会议室放映《身为人母》,女主角是主演《泰坦尼克号》成名的凯特·温斯莱特,男主角是参与过《歌剧魅影》的帕特里克·威尔森。大概因为《身为人母》中有一些暴露的镜头,海报规定谢绝未成年者观摩。晚饭后,刘海翔、陈雪雅夫妇早早就来到放映室,他们并排坐在第三排,不一会儿戴娜娜穿着宽松的真丝套服进了门,陈雪雅热情地让戴娜娜坐在刘海翔的另一边。灯关了,电影开始了。这是一个情感出轨的故事:家庭主妇萨拉曾是个文学硕士生,婚后因不满家庭主妇的角色而心情压抑,夫妻关系有名无实。布拉德是法学院毕业生,妻子凯西是位女强人,夫妻间的隔阂越来越大。两位同样带着孩子压抑的男女布拉德和萨拉在小区里结识了,他们俩时常在社区游泳池相会，他们甚至约定准备私奔，却在萨拉寻找走失的女儿、布拉德玩滑板摔倒受伤后，各自又回到了原来的生活轨迹。电影中有布拉德和萨拉在家中厨房里偷情的场景，看到这里，刘海翔突然触到一只小手，一只细腻润滑的小手，悄悄地握住了他的手，最初他还以为是夫人陈雪雅，后来一想不对，近来他们夫妻的感情出现了裂痕，他们之间已很久没有肌肤接触了。刘海翔转眼一望，是坐在他左面戴娜娜的手，而不是右边陈雪雅的手。刘海翔的心抽紧了，戴娜娜的手紧紧地握住了他的手，刘海翔不敢声张、不敢有任何动作，他胆怯地转眼望了望妻子，只见她聚精会神地看着荧幕，刘海翔用另一只手轻轻地按住了戴娜娜的手。

电影快结束时，刘海翔赶紧抽出了自己的手，他发现他的手心竟然出汗了。灯亮了，陈雪雅似乎还沉浸在电影的情境中，她问刘海翔："电影结尾的那句旁白什么意思？""哪句旁白？"刘海翔回答，其实他后来根本就没有心思看电影了。"最后的画外音说：'你不能改变过去，但未来却可以是一个不同的故事。'""那是说主人公虽然出轨了，但是终究他们的生活不会有任何改变。"刘海翔漫不经心地回答。"这应该是一个开放式的暗示,告诉观众他们未来人生可能会演绎另外一个不同的故事!"走在另一边的戴娜娜扑闪着眼睛说。

陈雪雅是今年4月退休的,原来在学校教务处任职的她,现在闲了下来,整天待在家里,买买菜、做做饭,成为了一位典型的家庭妇女。闲下来时,陈雪雅的兴趣是在炒股票,她打开电脑,看着股市行情;打开收音机,听听股市动态;打开电视机,看看行家谈论股市。作为学者的刘海翔就不习惯了,他以往有课就去上,没有课基本就在书斋里读书撰文,他需要一个安静的环境,现在妻子退休了,家里整天闹哄哄的,让刘教授时刻不得安宁,他想思考问题也静不下心,他想写论文却没有了思路。妻子的情绪则随着股市的涨跌而变化,股市涨了她兴高采烈,股市跌了她垂头丧气。刘教授现在才知道当年"一二·九运动"中提出"华北之大,竟容不下一张安静的书桌"的真实感受,他现在才感受到他们的屋舍之大几乎也容不下一张安静的书桌!后来陈雪雅甚至占领了刘海翔的书房,她说书房里的台式电脑屏幕大,做股票看得清楚,刘海翔被撵出了书房,他只能在卧室的梳妆台上打开手提电脑。但是写文章总是需要资料,他就将有关的图书摊开在床铺上,这又引来夫人的责骂,说弄脏了床铺,刘海翔就是义愤填膺,却也不敢发作。他们夫妻俩的关系就越来越糟,刘海翔觉得度日如年,有一点事情就发火。夫妻俩一天一小吵、三天一大吵,在赴北戴河休假前,他们夫妇俩的关系几乎处于绝境,刘海翔甚至都有与老妻分手的念头了。

刘海翔也记不起他与陈雪雅有多久没有行房事了,大概自从妻子退休后,他们就开始分被窝睡觉了,甚至上床后谁也不理谁。看完电影《身为人母》回到房间打开空调,刘海翔发现陈雪雅把他的枕头挪到了她的铺上,发出了同床共枕的信号。陈雪雅对刘海翔有意味地眨了眨眼、撅了撅嘴,她先去盥洗室洗澡。等刘海翔洗澡出来,妻子早已躺在床上了。刘海翔钻进被窝,突然发现妻子已经脱得一丝不挂,她急切地脱下刘海翔的内衣裤,不顾一切地贴了上来。刘海翔倒一时有一些不习惯,他怪异地说:"等等,让我喘口气!"大概是受了《身为人母》中裸露镜头的刺激,大概是荒废许久的醒悟,刘海翔与陈雪雅这一场颠鸾倒凤做得惊心动魄,陈雪雅一个劲地大呼小叫,弄得刘海翔赶忙伸手捂住妻子的嘴,说:"别叫,别叫,会让隔壁听到!"陈雪雅却故意大声地说:"我们是夫妻，又不是偷情！我就要叫，我就要叫！"她就故作夸张地大呼小叫起来，倒弄得刘海翔丢盔卸甲一时就疲软了。

陈雪雅气呼呼地说："人生苦短，上来就喘，只有嘴硬，哪里都软。"刘海翔不理她，他拿起枕头到另一张床上独自去睡了。

5

晨起打太极拳时，戴娜娜对着刘海翔眨了眨眼，诡谲地说："昨晚老同学你当了一回布拉德，嫂夫人做了一回萨拉。"戴娜娜说的是《身为人母》中出轨的男女主角。刘海翔立刻反击说："你说错了，他们是出轨男女，我们是正宗夫妻。""哎哟，别这么一本正经的，什么正宗不正宗的，只要你敢做布拉德，我就敢当萨拉！"戴娜娜带着挑逗的口吻说。刘海翔没有接她的话茬，自顾自地跟着拳师学下一节太极拳。

早饭时候，诗人杂乱掏出几张纸，递给戴圆圆说："昨天我写了几首诗，你给看看！"戴圆圆说："我又不懂诗，应该让我姐姐看！"杂乱搔了搔脑后的小辫子说："你先看看吧！"

戴圆圆展开一看,是情诗三首:

鸽子窝

将思恋写上白鸽的翅膀

让真爱在蓝天翱翔

真羡慕鸽子在窝里

卿卿我我

在沙滩上画一个你

画一个我

鹰角亭

曾展翅腾飞的雄鹰

为何在此地伫立

我在遥望你的呼吸

爱情已成为记忆

真情总是迷离

鸳鸯湖

没见相伴游弋的鸳鸯

却有你我的相遇

无论有没有棒打

我始终对你

充满情意矢志不移

戴圆圆不屑一顾地把诗歌给了姐姐,戴娜娜看后对杂乱调侃地说:"借景抒情啊?真情表白啊?!"诗人杂乱笑了笑。戴圆圆昨日扭了的脚踝今天好多了,她今天穿了一件绿色的连衣裙。

上午的游程是参观集发生态农业观光园,园区总占地面积1500亩,是集观赏性、娱乐性、趣味性于一体的生态农业旅游观光景区,园中有花园、菜园、果园、瓜园、热带植物园,听说是依托高科技发展农业的典范。

走进观光园,有几个团员带来的孩子最高兴了,相互追逐着、打闹着。戴圆圆挽着姐姐的胳膊,陈雪雅牵着刘海翔的手,诗人杂乱跟随在他们身后,休假团的成员们伙聚在一起的除了江苏帮,就是湖北帮了。长长的葫芦长廊、南瓜长廊顶上悬挂着一个个葫芦、一个个南瓜,丝瓜长廊悬挂着一根根长长的丝瓜,万条丝瓜垂新绿,像走在丝瓜的丛林中,据说这里曾种出了4.55米吉尼斯世界纪录的长丝瓜。戴圆圆笑着闹着,贴着长丝瓜让诗人杂乱给她拍照,绿色的连衣裙让她也像一根丝瓜。陈雪雅今天穿着一件藕色的连衣裙，与戴娜娜的粉色连衣裙相得益彰，刘海翔忙前忙后地给她们拍照。走进四季瓜园，硕大无比的南瓜吸引了他们的眼光，最大的一只竟然重达五百多斤。四季花园里月季花、美人蕉开得正盛，有新娘新郎穿骑士装戴骑士帽正在拍摄结婚照，新娘新郎傍着一匹雪白的骏马，挥着马鞭英姿飒爽。戴圆圆便与诗人杂乱耳语，意思是想骑上马拍张照。诗人杂乱便上前与摄影师商量，甚至提出付钱都可以，终于获得允诺。戴圆圆兴高采烈地想上马，摄影师牵住了马，戴娜娜想扶妹妹上马，却怎么也上不了。胖胖的诗人杂乱机敏地蹲下身，让戴圆圆踩着他的背上了马，诗人杂乱对着戴圆圆一阵狂拍，刘海翔却将戴圆圆踩着诗人杂乱上马的情景摄入相机。

  杂乱是当代小有名气的诗人，他是以写爱情诗出名的，现在在一家诗刊任编辑，因为都是诗人，戴娜娜与他在几次诗会上有过交往。戴娜娜知道杂乱虽然写爱情诗，他自己的爱情却并不如意，先是与欣赏他的法国女留学生交往，后来人家回国了感情就结束了。再与一个富孀结婚，那女人有钱却无情，第二年就让杂乱净身出户，杂乱也觉得与她根本没有共同语言,当初也是看她有钱,杂乱觉得自己可以静心写作,结果却适得其反。后来杂乱与一个研究生毕业的女诗人交往,为她改诗歌发表诗歌,结婚后他们也过了一段时间的幸福日子,后来他的夫人却跟一个富商移民海外,杂乱就一直单身一人。戴娜娜知道杂乱在文坛名声还不错,只是像他的笔名"杂乱",行为处世总有些杂乱,常常理不清头绪,看到一汪清泉就奋不顾身栽下去,有时候水太浅就扭了脖子,有时候水太深就迷了方向。

午休后,刘海翔、陈雪雅叫上戴娜娜、戴圆圆姐妹下海游泳,诗人杂乱依然跟着戴圆圆。今天海面有点风,海滩上却仍然人头攒动,女人们穿着各式泳衣亮着迷人的身材,有几个黑人姑娘穿着白色的泳衣,丰乳肥臀特别引人瞩目。戴圆圆穿着黑色三点式泳衣,将她白皙的皮肤衬托了出来,风刮着海水有些凉,一下海她就故意尖叫起来,诗人杂乱赶紧以夸张的自由泳游到她的身边。戴娜娜是一身鹅黄的泳衣,与陈雪雅的湖蓝色泳衣相得益彰,戴娜娜轻巧地游起了自由泳,那种轻盈潇洒具有专业运动员的水平了。刘海翔跟随着夫人游蛙泳,陈雪雅不让他尾随戴娜娜,不让他往更深更远处,其实这是多余的,刘海翔根本跟不上戴娜娜。游了一会儿,陈雪雅拍了拍刘海翔,用嘴努了努海滩右边,只见戴圆圆仰躺在海面上,诗人杂乱双手托着戴圆圆,在教戴圆圆学仰泳呢!戴圆圆黑色泳衣下乳峰坚挺着,充满着诱惑力。刘海翔听戴娜娜提起过,她的妹妹戴圆圆去年与丈夫离了婚,现在仍然单身。

晚饭后,休假团有几位诗人自发组织了一个有关诗歌创作的沙龙,发起的是著名情诗老诗人蒋德伦,戴娜娜和刘海翔都参加了,诗人杂乱是积极响应者,陈雪雅和戴圆圆则在房间里休息。沙龙在小会议室,落座后各自先自我介绍,蒋德伦先说举办沙龙的目的,一是大家可以深度结识,二是对当前诗歌创作的现状发表高见。身在诗坛的诗人们显然对当下诗歌的发展不满甚多,蒋德伦列举了当下诗歌创作的五大病症:矫揉造作、粗俗低劣、无病呻吟、没有意境、附庸风雅,认为当代诗歌创作进入了困境。戴娜娜的发言强调诗歌创作应该更加注重"小我",她提出过去我们太强调国家、民族这样的"大我",却压抑淹没了个人的"小我",写得好的诗歌大多是写"小我"之情的,至少是将"小我"之情融入"大我"之事中的。诗人杂乱的发言与他的笔名相同,有些杂乱无章,中心意思是谴责那些诗评家往往用传统的眼光和方法，批评现代派诗歌，形成南辕北辙隔靴搔痒。他用了一个十分粗俗的词，说他们戴着传统的避孕套，却想生出现代派的孩子，简直痴心妄想！这是哪里跟哪里啊！简直牛头不对马嘴！刘海翔想。刘海翔就当代诗歌创作的情感表达方式发表了见解，到底是研究文学的，他说得层次分明头头是道，运用了中国古典诗歌的例证，也运用了西方现代派诗人的诗作，阐释了他的观点，坐在刘海翔对面的爱情诗人蒋德伦频频点头。

戴娜娜回到房间，不见妹妹戴圆圆的身影，今天有些疲惫，她便洗澡独自上床睡了。

刘海翔回到房间，见妻子陈雪雅早已睡熟了，他打开电脑接收电子信，他记得上星期收到需要他评审的一篇硕士学位论文，他想再不评要超时了，就开始阅读论文，给论文打分。

6

前几天天气一直晴朗，今天早上推开窗，刘海翔发现××之家院子里没有了打太极拳人的身影，天空飘起了小雨。昨晚通知今天参观老龙头、山海关，告知大家因为两个景点游览，不能回来吃午饭，中午需要带食品，还让大家带上伞。上车的时候，每人发了一袋中午吃的食品。

今天戴娜娜穿了一套湖绿色 T 恤套装，棉织的短裤、T 恤十分精神，T 恤胸口有英语的"LOVE"几个字母。陈雪雅穿了一条玫瑰花的连衣裙，猩红的、粉色的玫瑰花特别醒目。这些天来，陈雪雅与戴娜娜表面上几乎成为无话不谈的知心朋友，她总想从戴娜娜嘴里更多了解读大学期间刘海翔的奇闻轶事，她也看出戴娜娜与刘海翔的关系非同一般，但是好像也并没有那种暧昧关系，戴娜娜虽然心直口快，但是她十分能够把握分寸。女人总是比男人更复杂，她们表面做的与心里想的常常不是一回事，陈雪雅虽然与戴娜娜弄得像闺蜜似的，其实暗暗在与戴娜娜较劲，她比以往更注意衣着打扮了，她知道自己与戴娜娜相比的长处，她的身材不如戴娜娜，但是她的脸色显然比戴娜娜强，在她光彩照人的脸色比照下，戴娜娜的脸色黯然失色，因此陈雪雅总是精心在脸上下工夫，虽然是淡妆素抹，却精心精致，连刘海翔也发觉陈雪雅用在化妆的时间比以前多了。

老龙头是明代蓟镇长城的东部起点,是集山、海、关、城于一体的军事防御体系,因入海石城像龙首探入大海而得名。下车伊始,他们迈步进入古朴的宁海城门,逛守备署、把总署,览显功祠、八卦阵,登上滨海长城,飞檐斗拱红柱灰瓦的澄海楼兀立海畔,在顶楼的匾额上,是明代大学士孙承宗所题的"雄襟万里"四个大字,朴拙而雄浑。刘海翔、陈雪雅、戴娜娜一起登上了楼顶,水天一色烟波浩淼豁然开朗,近端的八卦阵、靖卤台、御碑亭、入海石城、滨海长城,远处的燕山、码头、丛林,尽收眼底。戴娜娜兴奋地向楼下走向南海口的戴圆圆、诗人杂乱挥手喊叫,回应中诗人杂乱用照相机往上拍摄。下得楼来,他们伫随着人流,过天开海岳碑,下南海口,登靖卤台,直达入海石城的老龙头碑,伸入海中的石城就像渴饮海水的龙头。有"天下第一关"美誉的山海关是明长城的东北关隘之一,进了景区,他们几个登上长城后,过威远堂、临闾楼,直奔箭楼,雄峙在长城上的箭楼古朴端庄,灰色砖墙翡翠色琉璃瓦色木窗棂,明代著名书法家萧显所书的"天下第一關",笔触苍劲雄浑,气吞山河。戴娜娜请人帮助,与刘海翔、陈雪雅夫妇一起在箭楼前合影留念。

回到××之家，晚饭后放映电影《布达佩斯之恋》。刘海翔看过这个电影，本想不去，妻子陈雪雅拉着他进了放映室。刘海翔放眼四顾，没有见到戴娜娜，他便定神地坐下。电影开演了，妻子陈雪雅把手伸了过来，握住刘海翔的手，刘海翔吓一跳，定睛一看，是妻子的手，就定心了，便想到酒桌上传的段子："握着老婆的手，犹如左手握右手……"不禁自己噗嗤一笑，陈雪雅轻声问："你笑啥？有啥好笑的？""没啥，没啥！"刘海翔摇了摇头。

这部德国与匈牙利于1999年合作出品的爱情悲剧，原名《Gloomy Sunday》，以一首凄楚哀婉的乐曲《忧郁的星期天》贯穿始终。电影以德国的名流汉斯博士重回旧地开始，镜头回到了1930年的布达佩斯，在美丽善良女招待伊洛娜生日的夜晚，餐厅犹太裔老板拉西娄送给她一枚蓝宝石发簪，钢琴师安德拉许献给她一首曲子《忧郁的星期天》，德国青年汉斯向她求婚被拒跳进了多瑙河，拉西娄救起了投河的汉斯。德军占领了布达佩斯，汉斯成为操生杀大权的统治者，钢琴师安德拉许自杀了，拉西娄被汉斯送进了集中营，汉斯奸污了为拉西娄说情的伊洛娜。伊洛娜用毒药毒死了八十岁的汉斯，为安德拉许、拉西娄和自己复了仇。电影有一些裸露的镜头,老板拉西娄与伊洛娜一起在浴缸里洗澡,伊洛娜为救拉西娄被汉斯奸污。刘海翔发觉,在一些关键的场景,陈雪雅的手有些微微颤抖,她的手心冒汗了。电影散场了,陈雪雅显然还沉浸在电影的情境中,主题曲的旋律仍然在缭绕。

回到房间,夫妇俩还在讨论电影中的情节。毕业于工科大学的陈雪雅显然还沉浸在故事中,她甚至没有看明白电影的结局,她问:"八十岁的汉斯最后死于心脏病?"刘海翔解释说:"其实汉斯是被伊洛娜毒死的,你看最后伊洛娜在厨房里洗 80 的标牌和一只空了的毒药瓶,当年安德拉许、拉西娄都曾经想用这瓶毒药自杀。"

夫妇俩在温习讨论《布达佩斯之恋》时,自然而然就有了冲动……刘海翔把电视机的声音开大了,他的眼前是伊洛娜美艳的胴体,拉西娄与伊洛娜共浴的场景,他们在浴缸里裸体对饮的场景。陈雪雅眼前是汉斯奸污伊洛娜的场景,伊洛娜被奸污后怨怼忧郁的眼神。刘海翔像常山赵子龙一般跃马扬鞭长驱直入,陈雪雅如南齐名妓苏小小一样风情万种千娇百媚,他们俩在香汗淋漓中达到高潮。稍稍休息后,他们俩又赤身裸体一起走进浴室，重复着电影中老板拉西娄与女招待伊洛娜共浴的情境，刘海翔暗暗思忖：到了这个年纪，女人也还是需要性启蒙的。

7

今天休假团安排乘坐海上观光游船，早餐时告知大家多穿衣服，海上有风，小心着凉。陈雪雅在连衫裙外套上一件粉色棉麻上衣，戴娜娜T恤衫外是一件米色风衣，戴圆圆穿肉色长袖卫衣休闲套装，三人都戴着墨镜。刘海翔穿上休假团的白色T恤，胸口有红色圆形的LOGO，外面套一件小格子衬衣。诗人杂乱也穿了休假团的白色T恤，外面套一件米色的麻织中装短衫。

休假团在海滨东山旅游码头登船。长城一号是一艘双体两层旅游观光船，可以容纳乘客五百余人。随着汽笛的鸣响，游船离开码头，海风在船头吹拂，海浪在船舷翻滚，海鸥在船尾翻飞，令人心旷神怡。二楼的船舱靠近船舷边，被安放了白色沙滩座椅，每张另外收费五元，船舱的角落里，设置了驾驶室的背景，广播不停播放租赁海军服拍照的广告，有不少游客前去拍照,穿上海军服倒有几分英姿飒爽。

诗人杂乱与戴圆圆租了靠船舷的椅子,他们兴高采烈地观赏着海景。刘海翔、陈雪雅、戴娜娜坐在船舱中间的位置,看着离岸的游轮,望着海滩边绿色丛林中掩映着的鳞次栉比的红色屋顶。刘海翔与戴娜娜聊起了大学生活的往事:那位教授古代汉语的马教授,上课时总喜欢用两个胳膊肘去提裤子;那位教授魏晋南北朝文学的唐教授,吟诵古诗词时的那种仰首闭目的陶醉;那位教授马列文论的齐教授,满口土话开头让学生几乎难以听懂……陈雪雅突然问起戴娜娜离婚的情况,刘海翔对陈雪雅眨了眨眼,意思是她不该问,其实这也正是刘海翔想知道的,只是他不好意思问而已。

戴娜娜倒也不回避,她轻轻叹了口气说:"人生都是命,半点不由人啊!"戴娜娜谈及她与前夫熊龙威的关系。当年他们夫妇迁居南方,努力打拼开拓新天地,熊龙威是颇有事业心的男人,戴娜娜属于懒散之人,在报社里做编辑写诗歌,成为国内颇有名声的诗人,而熊龙威从专栏主编逐渐升为报社老总。与以往担任专栏主编不一样,当报社老总以后,熊龙威几乎再也没有时间写散文了,他忙碌于参加各种应酬,出席各种会议，招待各方人士。那年他们的儿子读大学了，那所大学要求学生住校。那年戴娜娜的老母亲病故，她匆匆买飞机票回去处理母亲的后事，她们家两姐妹，事情几乎都是戴娜娜做主。办完丧事，戴娜娜心境特别差，有些好友知道她回来了想一起聚聚。她原来告诉丈夫下星期一回去，诗坛的朋友打电话告知，下星期一有一个新诗朗诵会，希望戴娜娜能够赶回去主持。戴娜娜赶忙签了机票，提前一天回家，婉拒了朋友的聚会，也没有记得告诉丈夫。那天遭遇恶劣天气，航班推迟了两个小时起飞，飞机落地已经是深夜12点了，戴娜娜打出租车回家。到了家门口，她掏出钥匙开门，里面反锁了，她按门铃，没有人开门。她给熊龙威打电话，手机关机，她打家里的座机，他过了很久才接，好像刚刚从梦里惊醒。熊龙威打开门后，戴娜娜发现丈夫神情有些不对，内急了的戴娜娜赶紧冲进盥洗室，熊龙威伸出手企图阻拦，戴娜娜也没有顾得上思索，坐上了抽水马桶。戴娜娜起身后，觉得盥洗室淡绿色的浴帘拉着，她想洗完澡为什么还拉着浴帘呢？便顺手把浴帘拉开，浴缸里竟然蹲着一个女人！一个抱着衣服打着哆嗦的女人！竟然是报纸专栏的主编刘艳芬，是熊龙威晋升报社老总后提拔的。戴娜娜曾经见过这个女人，一副矫揉造作的姿态，不知道什么时候他们勾搭在了一起。戴娜娜觉得一切都很清楚了，她不想在半夜三更大吵大嚷的，更不想对这个女人动手。她只是冷冷地说："别冻着了，你们继续睡吧，我走了！"她没有与熊龙威、刘艳芬再说一句话，就提着行李"砰"地合上门走了，找了一家宾馆开了房间。接下来的事情说简单也简单、说复杂也复杂，戴娜娜提出了离婚，熊龙威还想缓和关系，戴娜娜根本不接茬，直到去法院打官司。处理完了离婚的官司，戴娜娜辞职离开了这家报社，去了另外一家小报任职。戴娜娜说，其实刘艳芬也是有家室的，她与熊龙威交往肯定有求得老总关照的想法，但是其中难免有逢场作戏的成分。戴娜娜与熊龙威离婚后，刘艳芬也受到了牵连，她的丈夫也提出了离婚，后来刘艳芬与熊龙威并没有走到一起。戴娜娜说，虽然她与熊龙威离婚了，但是他们现在还常常与儿子一起聚餐，像朋友一样。陈雪雅直截了当地问戴娜娜："与前夫熊龙威是否有复婚的可能？"戴娜娜连连摇头说："不可能！不可能！我觉得我现在这样，挺好！"

其实在大海中坐游船只是追求一种开阔的眼界、

宽松的氛围，海天一色的景致、浪花翻卷的船舷、海鸥飞翔的身影，过了一会儿就有些审美疲劳了。只有远处岸边的秦皇岛港吊臂林立的码头、红墙灰瓦的别墅群、茂密的滨海森林，给游客带来一些轻松愉悦。刘海翔起身拿照相机去拍摄眼前的港口码头。戴娜娜握住身边陈雪雅手，拍了拍她的手背，问："嫂子，您怎么认识我的老同学的？他可是我们班的才子啊！"陈雪雅扁了扁嘴唇说："我的大学女同学是你们下一届同学马励云的妻子，马励云也留校当辅导员了，是他介绍我们认识的！嫁给这个人，我倒霉一辈子！"戴娜娜不解地说："海翔是我们班的白马王子呀，当初我们读书时想他的女同学可不少呢！"陈雪雅瞪着双眼有些奇怪地问："这个书呆子，整天沉在书堆里，谁会稀罕他呢？"戴娜娜又拍了拍陈雪雅手背说："别身在宝山不识宝啊！"

晚饭后，休假团没有特别的安排，陈雪雅要去看电视剧《花千骨》，便匆匆上楼了。刘海翔对这些宫廷剧历来无兴趣，便独自在××之家院子里散步。当他在核桃树下的椅子上坐下后，见戴娜娜也坐在一旁的椅子上看手机微信。刘海翔抽完了一支烟，起身坐到了戴娜娜的身边，他问："今天在船上，我看见你和我妻子嘀嘀咕咕，你们在说什么呢？不是在讲我的坏话吧？""哪能呢！都是说你的好话！我说你当年是白马王子！"戴娜娜笑嘻嘻地说。迟疑了一会儿，戴娜娜真诚地对刘海翔说："老同学，嫂夫人很单纯，学理工科的比我们学文科的简单，女人嘛，要哄要捧要蒙，不管到多少岁数，女人的特性是不会变的。"刘海翔默默地点点头。戴娜娜突然叹了一口气，说到了她的妹妹戴圆圆："圆圆的命不好，嫁的那个话剧团团长有病，不仅常年阳痿，而且病态，总掐得圆圆身上青一块紫一块的。刚结婚那会儿，我就劝她离婚，她却说看看医生总会好的，后来却总不见效。圆圆真的想离时，那团长摆出一副流氓相，说你如果提出离婚就杀了你，杀了你全家，从此圆圆经常遭到家暴。那团长本来就是混混出生，只因为有一条好嗓门，被话剧团录用。走投无路的圆圆几次割腕自杀，都没有死成。后来那团长调到文联当副主席，把圆圆也调去了。去年那人因有经济问题被双规，后来判刑五年，圆圆才真的与丈夫离了婚，成为了一个自由人！"刘海翔感慨唏嘘说："就如同列夫·托尔斯泰在《安娜·卡列尼娜》开篇说的，幸福的家庭是相似的，不幸的家庭各有各的不幸。"刘海翔想上楼去了，戴娜娜说她还想坐一会儿，刘海翔拍了拍老同学的背，独自上楼了。

戴娜娜独自坐在核桃树下，她由圆圆的婚姻，想到了自己，长长地叹了一口气。大概过了五十岁才会看清楚很多事情，她当年与熊龙威的结合原本就是一个错误，如果当时她接受了刘海翔的求爱，他们现在会怎么样？那么她戴娜娜就是一个教授夫人。她知道刘海翔的简单与质朴，但是现代社会又需要复杂与深沉，刘海翔虽然早已是教授了，但是他不知道人际交往不知晓交易秘诀，很多光环很多利益就不会沾他的边，虽然刘海翔有比较好的心态，但是仅仅是过平平常常的日子而已。想到此处，戴娜娜觉得自己应该收敛一些，那天说的"只要你敢做布拉德，我就敢当萨拉"的话语，显然有挑逗的意味，以后不可以再这样了，她暗暗责怪自己警醒自己。

8

联峰山位于北戴河风景区西端，因山体状似莲蓬，又名莲蓬山。始建于 1919 年的联峰山公园，是北戴河最大的森林公园，又被称为西山公园，园内峰峦叠翠、松林掩映、怪石林立、石洞幽深，林深谷幽、山海相映。

走进公园罗马柱撑起的端庄山门，门楣上蓝底金字"联峰山"三个大字格外醒目。刘海翔发现今天戴圆圆身后的尾巴不见了，戴圆圆挽着姐姐戴娜娜的胳膊，走在宽敞的大道上。联峰山由主峰、鸡冠山、龙山三座山峰组成，他们过临风亭、望瞭望塔、登鸡冠山，海拔一百三十米的主峰因形似鸡冠而得名，登临峰巅，见苍松伫立、奇石嶙峋。他们四人继续往联峰山主峰登去。戴圆圆与陈雪雅走在前面，刘海翔陪戴娜娜落在后面。刘海翔问戴娜娜："怎么没有见诗人杂乱？"戴娜娜皱了皱眉说："你知道我昨晚为什么不上楼去？其实我是给圆圆与杂乱留空间。杂乱是一家诗刊的编辑，他的夫人原本也是诗人，后来跟一个富商移民海外，杂乱就一直单身一人。他好像与圆圆很有缘分，有一种一见钟情的感觉，他细心细致，会照顾人，圆圆对他有些好感。谁知道昨晚，他们俩在我们房间里聊天，这个男人就显露本性，扑上去就想把圆圆睡了。圆圆与前夫本来就因床笫之事而产生过阴影，她对于这种事有本能的拒绝，挣扎中一个耳光把杂乱打醒了。"刘海翔说："这个诗人，到这个时候却成为了一个俗人，心急吃不了热豆腐呀！"

刘海翔与戴娜娜赶上了戴圆圆、陈雪雅，她们俩坐在一块石头上小憩。这块横卧的巨石上刻有"聽濤崖"三个繁体字，另外一边的奇石顶刻有"望海石"几个红字，听涛望海是一种心旷神怡的感受。人云："不登联峰望海亭，毕竟不识北戴河。"他们先后气喘吁吁地登上红柱飞檐八角的望海亭，凉风习习，一览众山小。远处燕山逶迤、阡陌纵横、海天一色，近端绿树葱茏、奇石横卧、山花点缀。曾游览过联峰山公园的人，指点着远处绿树掩映中的红色屋顶，告诉说那是"林彪楼"，1971年9月21日林彪就从那里出逃，从山海关机场坐上了三叉戟飞机；那是"张学良将军楼"，张学良与赵四小姐定情的百福苑，1929年7月他们在那里订下了百年之好。下了望海亭，一块大石上镌刻着"毛泽东观日出处"几个大字，石头背后镌刻着"公元1953年4月22日凌晨，中国共产党和中华人民共和国缔造者之一的毛泽东主席在此观看日出"，下面还有英语译文。陈雪雅几天来常常对艳丽的戴圆圆不屑一顾，昨晚听刘海翔转述了戴娜娜讲述妹妹的不幸遭际，陈雪雅对戴圆圆颇为同情，今天她们俩几乎形影不离，她们一起在毛泽东观日出处合影留念，接着戴娜娜也跻身其间，三个女人一台戏啊！为她们拍照的刘海翔心里想。他们一起登临联峰山顶、叩松音石,几位女同胞觉得有些疲惫,他们便一起下山了。

当晚放映电影《战狼》,刘海翔看到诗人杂乱又跟在戴圆圆身后了,他们和好了,他想。电影开演了,这部战争动作片以"东方之狼"之誉的中国特种兵为主角,在中国边境与跨境雇佣兵的战斗中,演绎了惊险的决战与真挚的爱情交融的现代军事片的魅力。电影洋溢着青春朝气、军人血性和爱国情怀,是近年来国产电影中的佳作,曾获得第十八届上海国际电影节组委会特别奖。

电影散场后,刘海翔与陈雪雅上楼了,看见戴圆圆和诗人杂乱在核桃树下的座椅上聊天,刘海翔与陈雪雅有意味地相对一笑。

9

今天陈雪雅乘早车提前离开,她要去参加中学同学毕业四十周年的聚会。对这次聚会陈雪雅盼望已久了,她为此特地去修补了门牙、预定了套装,那些四十年前的同学见到不知是否还认得出来。因为在暑假期间，出门旅游的人多，怕临时买不到火车票，陈雪雅早早就预订了车票。

今天要离开，一早陈雪雅就睡不着了，她下床钻进了刘海翔被窝，他们静悄悄地亲热了一回。时间差不多时，他们起床提着行李打车去火车站。昨天戴娜娜提起也要去送，被陈雪雅、刘海翔异口同声地回绝了。戴娜娜开玩笑地说："是怕我看见你们俩依依惜别泪洒月台吧？"刘海翔自嘲地回答："老夫老妻了，要洒泪泪腺也干了吧！"陈雪雅上火车之前，刘海翔破例地拥抱了一下她，这大概是陈雪雅退休以后刘海翔第一次深情的拥抱，弄得陈雪雅倒有些伤感起来。刘海翔把行李送上车安顿好，站在月台上等待火车发动，他朝站在窗口的陈雪雅挥了挥手。望着动车远去的身影，刘海翔走出了火车站，他好像有些如释重负，又好像有些无所适从。

今天上午是游览北戴河的奥林匹克公园。公园是2005年5月1日正式开园的，是一个免费的开放式公园，园内有诸多主题雕像、音乐喷泉、运动雕塑、奥林匹克浮雕墙等，是市民们喜欢光顾的休闲地，也已成为市民喜欢的婚礼摄影的场所。奥林匹克公园离××之家不远，大巴开了十分钟左右，就到了公园。

休假团一行从联峰路北戴河博物馆对面入园。戴娜娜问刘海翔："夫人走了？洒泪告别了？"刘海翔笑笑，假装掏出手绢，说："你看手绢都哭湿了！"诗人杂乱凑过身问："刘教授，你哭啥呀？"挽着姐姐手臂的戴圆圆回答说："刘教授早上送夫人上火车了，夫人去参加中学毕业四十周年的聚会了。"

戴娜娜提起他们班大学毕业二十五周年的聚会，说："海翔，你没有来参加，许多老同学刚见面，真不认识了。那天晚宴，不少同学喝醉了酒，号啕大哭。那位当年的学校运动会长跑冠军刘立新，那位与班主任关系密切的团支部书记蔡秀英，都喝醉了！"刘海翔后来看过他们寄来的光碟，当然没有他们喝醉酒的镜头。

他们四人沿着奥林匹克公园的小道漫步，树影婆娑、杂花生树、空气清新，蹴鞠、摔跤、铁人三项、举重、冲浪、跳水等雕塑栩栩如生，长长的花岗岩奥林匹克浮雕墙气势恢宏，以各种浮雕展示奥运发展史、古代运动项目、中国奥运冠军榜、北京申奥。奥林匹克浮雕墙对面，是国际奥委会主席的雕像群，萨马兰奇等八位主席铜铸的半身像，雕像的大鼻子都被游客摸得亮亮的，戴圆圆有些调皮地将每位主席雕像的鼻子都摸了个遍。公园的主雕塑是一只巨大的不锈钢的和平鸽，象征着奥运精神促进和平的主旨。他们四人在主雕塑前合影。

晚饭后，放映电影《狼图腾》。刘海翔看过了，他就在房间里，修改一篇准备参加 11 月在香港举行的国际会议的学术论文。不知怎么的，刘海翔开小差了，眼前电脑上的字模糊了，出现的总是戴娜娜微笑的脸和陈雪雅怪异的眼神。刘海翔回想着与陈雪雅的生活，他们也算郎才女貌，婚后的生活十分美满，生了儿子、培养儿子，两人兢兢业业打拼事业，夫唱妇随相濡以沫。等到儿子出国了、妻子退休了，他们的生活状态改变了，他们的隔阂也产生了，依然在学术上打拼的刘海翔，与退休在家做做股票的陈雪雅，生活状态与人生追求都有了变化，刘海翔甚至怀疑现在的妻子还是以前的那个陈雪雅吗？她变得世俗甚至市侩了。刘海翔觉得他还有许多事情要做，都安排在他的议事日程中了，而陈雪雅的退休打乱了他的部署。他们之间也缺少深入的交流，刘海翔总是用退守的姿态面对，一旦退到没有了退路，他便要发作，中年的感情危机便产生了。刘海翔也想如果戴娜娜当年接受了他，他现在的生活将是怎样的呢？他也不敢判定，他知道戴娜娜的性格与陈雪雅有相近的地方，她们都是家庭的主宰者，刘海翔的性格也总是随着她们依着她们。但是有一点刘海翔可以相信，他与戴娜娜之间的共同话语会多很多，毕竟都是学中文的，毕竟都喜爱文学，而毕业于理工专业的陈雪雅对于文学不仅缺乏了解，而且对于文学是隔膜的，她常常以"天下文章一大抄"看待刘海翔的专业，那种轻视的鄙视的口吻，常常让刘海翔愤怒，但是他又往往无法与她争辩。

大约过了两个小时电影散场了，刘海翔听到走廊里杂沓的脚步声和说话声，不一会儿有人敲响了刘海翔的房门。刘海翔打开门，是戴娜娜，手里拿着两只大大的苹果和一把水果刀，她说："老同学，是圆圆下午买的，给你尝尝。"刘海翔将两只苹果拿去盥洗室冲洗了，戴娜娜拿过水果刀要削皮，刘海翔接过水果刀说："我来，我来！"戴娜娜开玩笑地说："嫂夫人走了，你寂寞了吧！""哪里，我正求清静呢！"刘海翔回答。"我打扰了你的清静吧，那我走，我走！"戴娜娜抬起身，做出要走的姿态。刘海翔，连连说："别，别，别走！"刘海翔正削苹果呢，一不小心水果刀刮了左手的食指，血立刻沁了出来。戴娜娜慌忙上前，拿起刘海翔正沁血的食指，望着一滴一滴沁出的血珠，戴娜娜将刘海翔的这根手指，放进了她的嘴里吮吸着。刘海翔一时不知所措，眼前呈现出他当年的初吻，当年大学毕业演出前化妆时他与戴娜娜的热吻……刘海翔突然放下手里的苹果和水果刀，他不顾一切地上前，捧住了戴娜娜的脸，迅速将嘴唇靠了上去。没有准备的戴娜娜也不知所措了，她像一个木偶般地任凭刘海翔吻着、吮着、啃着。刘海翔的身体重重地压了上去，像电影《布达佩斯之恋》汉斯压在伊洛娜身上。"啪"地一声，刘海翔脸上挨了一记重重的耳光，戴娜娜一双责怪的眼望着他。刘海翔捂着脸，喘了一口气，他从戴娜娜身上翻下身，左手沁血的食指在脸颊上划了一道血痕。

戴娜娜躺在那里一动不动，她冷冷地说："海翔，这样有意思吗？你还想回到我们读大学的那个年代吗？我们还回得去吗？"刘海翔仰躺着，望着天花板，不做声。戴娜娜继续说："海翔，我们都已经老了，我们大学毕业已经二十五年了，我们俩当年没有可能，现在更没有可能！我现在是自由人，而你并不自由啊！我可以独往独来，你却不能我行我素！再说女人与男人大概不一样，另外我做了甲状腺切除手术后，对于男女之事几乎已经没有兴趣了！请你原谅！"刘海翔嗫嚅着回答："对不起，对不起，我知道了，我知道了！"他们俩就这样仰躺着，身体靠着身体，却再也没有任何动作。他们俩开始聊天，聊大学生活的趣事，聊他们各自的孩子，聊当下生活的烦恼，他们俩像一对真正可以交心的朋友一样聊着。那只削了一半皮的苹果和那只未削皮的苹果都在桌子上，静静地望着静静地听着。

已经12点了，戴娜娜起身拍了拍刘海翔说："老同学，很晚了，我回房间了。睡个好觉，做个好梦！"刘海翔没有起身，他仍然仰躺着，向戴娜娜挥了挥手。当晚，刘海翔真做梦了，在梦里竟然是老电影《甜蜜的事业》男追女的慢镜头，一会儿是戴娜娜在前面飘然而去，一会儿是陈雪雅在前面大步流星，当然在后面追的就是刘海翔自己，竟然还有《我们的生活充满阳光》的歌曲："幸福的花儿心中开放，爱情的歌儿随风飘荡……"

10

今天是休假团在北戴河的最后一天，行程上的安排是自由活动,戴娜娜建议到北戴河的怪楼奇园一游,他们常常经过那里,晚上灯光璀璨,白天奇形怪状。

早饭后,他们一行四人往怪楼奇园走去,那里离开他们住地并不远,诗人杂乱抢先买了四张票。据介绍,美国园林学博士辛伯森曾于20世纪30年代在北戴河建造了一幢怪楼,因为他患有三叉神经痛,医生建议他进行日光疗法,因此在楼的设计方面费尽心机,让每一个房间有更多的光照。后来此楼毁于"文革"。1991年根据原先的怪楼易地重建,大门上"怪楼奇园"四个大字是著名漫画家华君武所题。

走入园区,绿树成荫、假山层叠、喷泉飞瀑、游鱼游弋,观八卦石、海豚喷水,过六步渡、走幽径、望阳关三叠、看明泉。在二人弹处,戴圆圆与诗人杂乱合作,调皮地弹出了儿歌《两只老虎》,一边弹一边哈哈大笑。他们一行四人走进了990平方米的怪楼,这幢四层、五顶、七角、八面的怪楼,多门多屋、神奇莫测,山石瀑布、暗道通幽、叠水涌泉、索桥曲径,扑朔迷离、奇趣横生。戴圆圆嘻嘻哈哈地登楼,这里看看,那里望望,诗人杂乱紧紧跟随。戴娜娜与刘海翔矜持地慢慢走慢慢看:被称为"美女沉思"的雕塑，像哥本哈根"海的女儿"的雕塑，优美的曲线、沉思的表情，背后是横卧的窗棂；"倒行逆设"的门、柱子、窗户全是逆设的，只有往头上的镜子中才能看到东西正过来的模样。"人生有时候也是倒行逆设的，你自己糊涂，回头看时清楚，但是已经时过境迁了！"刘海翔感慨地说。"无论怎样地倒行逆设，但是基本的元素都是一样的，总是需要有门、有窗、有柱子，顺其自然大概是最好的选择！"戴娜娜接过话茬说。他们俩的话语中好像都有可以琢磨的东西。戴娜娜和刘海翔扶着桃树和苹果树枝干做成的楼梯扶手，沿着楼梯直达楼顶，在褚色的塔楼平台上，北戴河的景色尽收眼底：远山逶迤，海天一色，层林叠翠，红瓦栉比，登高远望，心旷神怡。刘海翔对观望景色的戴娜娜说："老同学，昨天晚上我太冲动了，对不起了！"戴娜娜望了刘海翔，说："海翔，我们都早已成熟了，现在是慢慢走向老境了，别想那些不可能的事，别做那些对不起家人的事！"刘海翔点点头。戴圆圆和诗人杂乱也上来了，他们选择各种角度照相。

吃晚饭的时候，戴娜娜告诉刘海翔，明天就要分手了，晚饭后她想再找他聊聊，就在院子的核桃树下吧。

晚饭后，刘海翔来到核桃树下，还没有见到戴娜娜，刘海翔点了一支烟，望着透过茂密核桃树叶的星空，他不知道戴娜娜还想与他说什么。明天就要离开了，刘海翔心里好像有些空落落的，听说诗人杂乱邀请戴圆圆去大连游玩，他们已经预订了去大连的机票。一会儿，见戴娜娜款款地走来，她在刘海翔身边坐下，问："等了好久了？"刘海翔掐灭了香烟说："没有多久。"

戴娜娜问："你夫人陈雪雅的同学聚会怎么样？给你打电话了吧？""她发了一段视频，让她主持同学聚会，你看她急匆匆地去赴会。"刘海翔回答。"老同学，我劝你一句，你身在福中应知足！"戴娜娜语重心长地说。刘海翔不解地瞪着一双眼睛。戴娜娜说："通过这几天与你夫人陈雪雅的接触，我觉得她人不错，热情、真诚、率真，我给你说过，女人要哄要捧要蒙，你们应该是幸福的一对，你应该多与她交流。我知道她一心在你身上，她希望你健康快乐，她希望你与她相伴到老，你们已经相扶相携走过了快三十年了！"刘海翔说："你不知道她退休后我过的是怎样的日子，她不理解我这个当教授的，不理解我需要清静、需要思考、需要阅读，她退休回家后家里就像个证券交易所,她甚至将我撵出了我的书房,我怎么读书?怎么写作?她离开的这几天,我也思考了一些问题,我寻思我们之间出现矛盾的关键在哪里?是性格问题?不是!是经济问题?也不是!根本问题是她从来不读书不写文章,她不了解你们文人,不了解你们文人的治学方式!"戴娜娜说:"你愿意在你身旁有一个让你安静的,却一心红杏出墙的女人;还是愿意在你身旁有一个不太安静,却对你一心一意的妻子?我想你的夫人也不是一个蛮不讲理的人,有些事情你可以与她当面说开,比如让你回到你的书房的事,那是你多年工作的地方,我想你说清楚了,她应该会理解的。"刘海翔说:"这些年来,因为工作忙碌,与她的交流也越来越少。"戴娜娜说:"我听到过一个故事,说有一对夫妻常常吵架,后来男人就有了外遇,他们离婚了,都分别再婚了。他的新婚妻子不会做家务,他只有自己亲自做。后来,他遇到了前妻现任丈夫,他们一起喝酒,酒后吐真言。他就问那个男人,他现在的妻子如何?那个男人回答说,她特别体贴温柔,家中打理得干干净净。他心里就有些奇怪,觉得他那个离了婚的妻子怎么可能这样好呢?后来在超市邂逅前妻与她的丈夫,他躲在一旁观察了很久,前妻如花的笑容和她丈夫温情的拥抱，他终于确认他们真的很幸福。其实，很多时候，妻子是天使还是巫婆，全靠男人来塑造。女人的爱是男人疼出来的；女人的恨是男人骗出来的；女人的怨是男人冷出来的；女人的乐是男人暖出来的；女人的美是男人宠出来的；女人衰败是男人欠出来的。女人是一架钢琴，遇到一位用心的人来弹，奏出的是一支名曲；如果一个普通人来弹，也许会奏出一支流行曲；要是碰上了漫不经心的人，恐怕就弹不成调了！"刘海翔听了，沉思良久。

　　第二天，休假团的活动结束了，刘海翔与戴娜娜去机场候机，他们分别时，戴娜娜主动地拥抱了刘海翔。刘海翔登机前夕，给陈雪雅发了一个短信："亲爱的，我马上登机了，下飞机后再与你联系！"这些年来，刘海翔第一次用"亲爱的"称呼他的妻子。

　　北戴河之夏结束了，刘海翔新的生活即将开始。

——原载《长城》 2016 年第 5 期

郝先生的绿背心

1

郝先生临上飞机,才发觉他的一件背心落在宾馆里了。他翻遍了行李箱都没有,国字脸上便露出焦虑的神情。

为他送行的蔡女士就问:"是什么颜色的背心,落在哪里了?"蔡女士是马来西亚主办会议的总负责,会议办得有规格有品位,马来西亚的大报小报都上了头版。

郝先生回答说:"是一件钩针的开司米背心,绿色的,落在宾馆房间的椅背上了。"

同行的方先生打趣地问:"什么背心,这么重要?再买一件就是了!"方先生是城市文化研究的专家,他是属于那种虽然大腹便便、却心眼极小的人。

郝先生默默不语眉心打结,意思是一定想拿回这件背心。

蔡女士拨通了留守在宾馆的助理江小姐的电话,让她请服务员去房间查看。不一会儿,江小姐打电话过来,说背心找到了,现在放哪里?蔡女士让她先收着,等以后给郝先生寄去。

郝先生脸上露出了轻松的神情,方先生却说:"寄的钱大概可以买两件背心了,毕竟是从马来西亚寄回中国大陆。"蔡女士却轻松地笑了笑说:"没有问题,寄费我来出。"蔡女士是女中豪杰,被大家公认为压倒须眉的美女。

郝先生、方先生推着行李车进了机场,蔡女士向他们挥手告别,她轻轻地舒了一口气,开车向宾馆方向驶去。此次蔡女士主办的国际会议主题是"文化旅游与一带一路",邀请了诸多有名望的学者和文化人士,尤其邀请了马来西亚交通部部长、文化部部长,中国驻马来西亚的大使也出席了开幕式,会议传达出马来西亚对于"一带一路"的热情与期盼,马来西亚交通部长甚至透露了中国政府即将参与建设贯通马来西亚全国铁路的信息。

郝先生、方先生找到了登机口,找座位坐下。大腹便便的方先生说去一趟厕所,郝先生便在座位上闭目养神。

郝先生大名郝东方,一个颇为响亮的名字,尤其他的姓,好像他做任何事情都是干"郝"事,不像姓"傅"的,就是晋升了正教授、正院长,介绍时还是说"傅"教授、"傅"院长。郝先生1.8米的个子,方方的脸盘,高高的鼻梁,小小的眼睛,最初见到他的人,都以为他是搞体育的,至少是打篮球的。其实,郝东方是一个宅男,不好动,中学时曾经参加过少体校的游泳培训,也没有获得什么成绩。郝先生在家里摆了一副哑铃,早上晚上常常独自摆弄,倒弄得胸肌腹肌肱二头肌硬硬的,脱下外衣常常让同行的男士们汗颜、让女士们喝彩。

郝教授是从事中国当代诗歌研究的,在学界颇有名声。他最初是教师,因为口吃,在学校整顿时让他转岗做专职研究人员。其实郝先生平时不口吃,只有紧张时才会。那次是学校巡视员听课,那天郝先生前一晚喝醉了酒,一踏上讲台见教室里有一张陌生老人的面孔，他突然慌了，才结结巴巴起来，被巡视员反映到学校。听说郝先生有一次请朋友吃饭，是为了申请一个项目，请评委们帮忙，他找了一个高档酒店。点完菜，服务小姐拿了一瓶洋酒上来，郝先生问："多少钱？"小姐晃了晃手里的开瓶器，说："两万。"郝先生突然结巴了，说："开，开，开……"小姐"啪"一声把酒瓶盖打开了，捧着开了盖的洋酒笑容可掬地站在郝先生面前。额头青筋凸起结巴的郝先生突然蹦出下半句"……什么玩笑"？为了这瓶酒，郝先生与酒店争执不下，最后以七折付款。这顿饭让郝先生掏了近两万元，郝先生肉痛不已，而且这顿饭让客人们特别不爽，后来郝先生的项目也就泡汤了。

郝先生的绿背心是此次与会的台湾女诗人安娜送的。那天刚刚下榻宾馆，郝先生打开窗，望着不远处吉隆坡双塔楼的夜色。宾馆处于吉隆坡的市中心，毗邻双塔楼。吉隆坡双塔楼高四百五十二米，共八十八层，连接双峰塔的空中走廊是目前世界上最高的过街天桥，可以俯瞰吉隆坡最繁华的景色。双塔楼是马来西亚国家石油公司用二十亿马币于1997年建成的，因此被称为石油双塔，当年打破了美国芝加哥希尔斯大楼保持了二十二年的世界最高纪录，成为当时世界上独一无二的巨型建筑，也成为吉隆坡的地标和象征。

郝先生独自在窗口欣赏着吉隆坡的夜景，突然听到门铃"叮咚"一响，那门铃的声音听上去好像怯怯的，不像宾馆服务员按门铃那样理直气壮，却像撬门扭锁者试探一下房间里是否有人，他可以见机行事。郝先生犹豫了一下，他对于吉隆坡这个城市还不熟悉，他怕有按摩女上门做生意。"叮咚"，又是怯怯的一声，郝先生轻轻地打开一条门缝。门口站着一位亭亭玉立的女子，一身青花瓷图案合身的旗袍，一头飘逸的波浪长发，细长的颈项上松松地围着一条彩虹色的真丝围巾，一副金丝边眼镜，挺挺的鼻梁下一张樱桃小口，露出恬静幽雅的笑。郝先生好像不认识这个女士，他怯怯地问："您是……？"

旗袍女子老朋友般地说："您不认识我了？我是安娜，台湾诗人！"郝先生打开了门。安娜递给郝先生一本诗集，说："这是我最近刚刚出版的诗集《阿里山情思》。"郝先生这才缓过神来，把门开大了，伸手把女子让进房间。郝先生去年曾经写过一篇《论安娜的抒情诗》的论文，刊登在一家学术刊物，反响不错。

安娜又打开一个宣纸包，里面是一件绿色的背心。她露出几分羞怯地说："郝教授，这是我亲自用钩针钩的背心，专门为您钩的，希望您能够笑纳！"背心是用开司米钩的，绿色的底色上，是几株深秋的银杏树，板块式的构图洋溢着现代意味，金黄的树叶在绿色的背景上分外醒目，这是一件精致的艺术品。

郝先生有些口吃了，他嗫嚅着说："这，这，这怎么好意思呢？"他将背心套上，照了照镜子，十分合身，洋溢着青春的活力。显然，安娜是个有心人，她连郝教授的尺寸都掌握了。

安娜说："谢谢您上次在澳门时给予我的帮助，也谢谢您去年为我写的那篇论文，我们一起的几个诗人都很羡慕，都希望您能够给他们也写一篇呢！"安娜起身告辞了，说明天还要开会，早点休息了，郝先生目送安娜穿旗袍婀娜的背影袅袅婷婷地离开。

2

安娜离开了，郝教授觉得安娜身上那股淡淡的白兰花般的香气很好闻。人走了，香气还在房间里萦绕，他不禁深深地吸了几口气，眼前便弥漫开了前年在澳门开会的情景。

郝教授与安娜结识是在一个当代诗歌的研讨会

上，初见面会议休息时她独自叼着一根摩尔烟在走廊里，他就觉得这个女人不寻常，那是一句样板戏《沙家浜》刁德一说阿庆嫂的台词，他在心底里慢慢悠悠地哼了一句"这个女人不寻常"。安娜大大方方地伸手自我介绍，郝教授握着安娜的小手，觉得柔柔的、滑滑的。他自我介绍："我叫郝东方，好人一个！""谁知道你是好人还是坏人！"安娜诡谲地一笑，露出一对酒窝。郝东方在诗坛有两个诨名："郝结巴"和"郝一刀"，"郝结巴"是因为他常常激动时说话结巴；"郝一刀"是他常常下笔不留情，对某些诗人诗作予以辛辣的批评，甚至是批判，"砍一刀"。郝教授走下讲坛走进学界，倒成就了他，他可以用全部时间搞研究。

诗人和评论家虽然坐在一起，却往往说不到一处，他们常常为某个看起来十分幼稚的问题争论不休，甚至诗人和诗人争得动起手来。那天他们讨论古体诗能否进当代新诗史，一部分人觉得当今的古体诗与传统诗歌大不相同，应该进入当代新诗史；另一部分人提出古体诗属于旧体诗，就不应该进入当代新诗史。郝教授曾经写过一部台湾新诗史，他持比较中立的态度。郝教授在私下里与安娜聊天，聊的几乎都是与诗歌无关的事情。他们聊得很投机，甚至聊到了男女出轨的问题。郝先生的意思是男人出轨是天经地义的，因为雄性动物都有弱肉强食繁衍后代的责任。安娜却对于郝教授的看法嗤之以鼻，认为人类是高级动物，已经没有低级动物的本性，男女之间不应该只有欲望而没有心心相印。安娜甚至认为女人的出轨几乎都是给男人逼的，女人比男人更理性，女人在男人身上得不到她想要的，才去另谋出路的。他们俩的争论被旁边几位女诗人听到，她们也加入了进来，让势单力薄的郝先生几乎成为众矢之的、哑口无言，弄得郝先生又口吃了。

那天下午会议安排大家在澳门游览。澳门小地方，郝先生来过多次，他不想参加，安娜缠着他让他一起去，安娜说要买一些澳门的手信带回去，那是澳门的一种点心，她让郝先生带她去钜记饼家，郝先生便答应了。郝先生对澳门很熟悉，他几乎可以当导游了。郝先生给几位女诗人说澳门的历史，说圣保罗大教堂的建筑特征，说澳门市政厅内墙葡萄牙的蓝白瓷砖，说市政厅对面广场海浪般的地砖，说有三百年历史的澳门大炮台，说红色和浅黄色为主的恋爱巷，说糅合了文艺复兴和东方建筑的两种风格的大三巴牌坊……郝先生有口才，滔滔不绝引经据典，让安娜和几位女诗人佩服得五体投地。

那天安娜穿着一件白色的连衫裙，足蹬一双黑色的高跟鞋，在广场海浪般的地砖上趾高气扬地走着，并张开双臂左转右转，好像一只海鸥在海浪间翱翔。在从大三巴牌坊往下行时，安娜与几位女诗人嘻嘻哈哈开着玩笑，不知道为什么她突然扭了一下脚，"啊呀"大叫一声，她坐在了地上，她的脚脖子崴了。几个女诗人把安娜拽了起来，两个人架着她走，安娜像一只伤了脚的麻雀，用一只脚跳着、蹦着，脸上露出痛苦不堪的表情，她也没有心思去钜记饼家买手信了。郝先生看着安娜苦痛的表情，提出说要背安娜回宾馆。安娜迟疑着，几位女诗人却在一边鼓动着、催促着。郝先生蹲下身子，安娜犹疑着，她被几位女诗人像抬新娘一样抬到了郝先生宽厚的背上。

郝先生背着安娜起身，他一时不知道手往哪里放，其实他应该两手揽住安娜的大腿。安娜双手紧紧揽着郝先生的脖子，身体却往下坠，郝先生赶紧将双手揽住安娜的大腿。郝先生心里突然有些激动，他不知道在澳门大三巴前背着一位美女是怎样的镜头，古老的大三巴，洋装的现代美女……虽然郝先生是一位比较矜持的学者，但是他显然尚未修炼到坐怀而不乱的境界,他强按捺住自己,一步一步稳稳地往前走。

澳门这个地方,好像都是建在山坡上的,马路大多是陡陡的、斜斜的,马路两旁停了不少车,给行驶的车辆留出狭窄的一条路。郝先生背着安娜,女诗人们给安娜提着包,安娜在郝先生的背上呻吟着。那天也奇怪,居然没有看到一辆出租车,郝先生一直把安娜背进了宾馆,背上了楼,背进了房间。郝先生学雷锋做好事般地背着安娜,安娜乖女般地伏在郝先生宽厚的肩膀上。这一幕后来被传到会议上,有的说是英雄救美,有的说是诗坛艳遇,有的说是霸王背姬,有的说是男人吃豆腐,众说纷纭,莫衷一是。后来郝先生独自去钜记饼家为安娜买了两盒手信,安娜给他钱,他坚决不收。

大概那次会议以后,郝先生与安娜加强了联系,他们互加了微信。安娜回台湾后,写了一些感谢的话语,甚至写了几首有几分暧昧的诗,弄得郝教授有些紧张,他怕夫人看到会误会,他干脆将安娜的微信号改成了"10086"。有几次弄得夫人有些疑惑:"怎么现在10086也发这样奇怪的微信了?"郝教授哼哼哈哈地不知所云,倒也应付过去了。

3

郝教授后来想到，人是一种奇怪的动物，虽然结识了、熟悉了，但是必须应该有肌肤的接触，就像上世纪80年代办舞会，牵着手、搭着背，成就了不少对新娘新郎，也酿成了不少家庭的婚变。郝教授背女诗人安娜后，总觉得背被烙着了、心被牵着了，就像是一只飘飘然上天的风筝，那线却牵在她的手里，他甚至几天不洗澡，不知道是否想留住背上的气息。

昨晚收到安娜送给他的绿背心后，郝教授几乎彻夜未眠，他将那件绿背心放在枕边，左看右看，左摸右摸，觉得心里暖暖的、痒痒的，好像谁用一根鹅毛撩拨着他的心尖，让他想做些什么，他却又不知道去做什么。那夜，他打开窗帘，望着窗外那巍峨的双塔楼，恍惚间却觉得那双塔，一个是安娜，一个是自己，比肩而立，卿卿我我，在晨光熹微中，郝教授才闭眼入睡。

开幕式在马来西亚马华大厦举行，郝教授早早地吃了早饭，穿上了那件绿背心，把西装搭在手腕上，出现在会场上。在众人皆西装革履黑压压一片中，郝教授那件绿背心鹤立鸡群般地显眼出挑，那记者摄像的镜头总往他的身上扫。也许是精神的力量，昨夜虽然大半夜未眠，今天郝教授却特别精神抖擞，他的眼睛在会场里搜寻着，郝教授终于看到了她，穿着一件蓝底色百合花的旗袍，将全身的曲线勾勒得风生水起。安娜热情地与郝教授打招呼，还拉着郝教授在主席台前合影。郝教授内心倒是有些怯怯的，他好像怕被别人看出他穿的绿背心是安娜送的，他悄悄地套上了那件灰色的西装。方先生是一个特别敏感的人，他好像发现了什么，他走到郝先生面前颇有意味地问："郝教授，背心很漂亮呀！何必用外套罩上？"郝先生嗫嚅地回答说："空调开得太低了，有些凉！"方先生又问："背心是嫂夫人钩的，还是情人送的？"郝先生内心一惊，嘴里却说："哪，哪，哪里有情人送，你狗，狗，狗嘴里吐不出象牙！"

会议开幕式的排场很大，马来西亚的交通部长做了题为《"一带一路"是激发马来西亚经济潜力的强大引擎》的主题报告，马来西亚的文化部长做了题为《"一带一路"与马来西亚的文化发展》，他们显然都是做了精心准备的。主办者之一的盘先生做了题为

《让旅游文学更风华澹美》的主题报告，引起与会者的共鸣。

郝先生今天有点神不守舍，台上达官贵人的报告他几乎一句也没有听进去。他用手机写了一首诗，用微信发给了安娜：

灯光熠熠有双塔，
君送背心走天涯。
情真意切吉隆坡，
风风雨雨也不怕。

不一会儿，手机里发来了安娜的唱和诗。

梦里南国望双塔，
谢君背我到天涯。
礼轻情重吉隆坡，
心有灵犀天不怕。

到底是女诗人，敏捷聪慧，甚至胆子比郝教授更大，语气比郝教授更直，弄得郝教授更加有些得意忘形神不守舍了。拍集体照的时候，郝教授挤到了安娜的身后，郝教授低头闻到了安娜的发香，白兰花般沁人心脾，夹着一些淡淡的香烟味。他脱下了外套露出了绿背心，站在安娜的背后，对于郝教授来说，这是一张特别有纪念意义的照片。

或许是这件绿背心的神助，郝教授发言时口若悬河滔滔不绝，他的题目是《当代新诗与"一带一路"》。在会议红色会标的映衬下，那件绿背心格外醒目，尤其是背心上的金黄色杏叶，像黄金一般闪闪发光。穿了这件绿背心，好像打了一剂强心针一般，原本比较矜持内敛的郝教授，变得兴奋异常，他好像忘记了规定的发言时间，弄得主持人不得不一再打断他。

安娜的发言题目是《台湾行旅诗与"一带一路"》，她列举了大量台湾诗人在旅行时创作的诗歌，意在说明台湾行旅诗与"一带一路"的关联。显然作为一个诗人，安娜的发言没有学者那样逻辑性严谨，但是安娜朗诵诗歌的悦耳动听，为她的发言加了分，激起一阵阵掌声，郝教授把巴掌拍得山响。

晚饭的时候，郝教授坐到了安娜的一桌。安娜撺掇郝教授上台唱歌，喝得有几分醉意的郝东方果然上了台，他擎起酒杯对着台下说，他唱一首歌献给他最敬爱、最端庄、最美丽的蔡女士，也献给最聪慧、最柔美、最娇美的诗人安娜，激起了台下的一阵喝彩。郝教授显然不擅长歌唱，他把一首情歌唱得声嘶力竭。晚宴菜品特别丰富，节目也十分丰富，北京来的小胖哥的快板功夫了得，一口气将北京的名菜、天津的名菜道了个遍。马来西亚的那位口琴演奏家，将各种口琴吹得天花乱坠，大到手臂般的、小到食指般的口琴，激起一阵阵掌声与喝彩。

郝教授在与安娜对饮中显然不是对手，郝教授好像醉了，两眼蒙眬、两手乱挥，甚至给安娜敬酒时有些语无伦次了。安娜仍然很矜持，她一手擎杯一手夹烟，来者不拒，满杯而尽，落落大方，举止得体，令一桌的人们都惊讶安娜的酒量。安娜不动声色地说，这点酒算什么！后来熟悉安娜的朋友告诉郝教授，你喝酒根本抵不上安娜的一角，安娜曾经长期酗酒，丈夫与她离了婚，安娜后来才戒了酒。

当晚是方先生和安娜把郝教授扶回房间的。一进房间，郝教授就冲进盥洗室哇哇哇地吐了。方先生先离开了，安娜给郝教授倒了一杯水，把他扶上床，见郝教授打起了呼噜，安娜悄悄退出了房间。

4

第二天清晨,手机响了,还在酒乡里未醒的郝先生拿起手机,是夫人刘莉丽打来的电话。前天郝先生抵达酒店后,因为绿背心的事,他忘记给夫人打电话报平安了,一开会一喝酒,就把此事忘到九天云霄外了。

郝先生此次与会,是马来西亚方面提供来回机票,坐的是马来西亚航空公司的航班,本身就让夫人有些担惊受怕。

刘莉丽在电话那头问:"老公,你一切都好吗?到了也不打个电话回家!坐马航的飞机,让人担心死了!"郝东方好像还没有从醉酒状态中回过神来,他嗫嚅着回答说:"一切都好,一切都好,前天到得晚,昨天开一天会,累死我了!"

夫人刘莉丽在儿童医院任主治大夫,工作特别繁忙。他们俩是在火车上认识的,那天郝东方车厢里有一个男乘客突然发病,口吐白沫倒地抽搐不省人事,广播员广播找寻医务人员,刘莉丽匆匆来到郝东方的车厢实行急救,郝东方就做了助理。刘莉丽让郝东方递去一柄牙刷,她用牙刷拨开病人的嘴,把毛巾插在病人的牙齿中间,以免病人咬伤舌头。刘莉丽说病人是癫痫发作,让郝东方用毛巾将病人口边的白沫揩去。过了一会儿,病人就醒了,他好像完全不知道自己刚才昏厥的事情。郝东方与刘莉丽结识了,他对于医生一贯有些敬畏,但是刘莉丽明眸皓齿的美丽、温文尔雅的举止吸引了郝东方,他知道他们住在同一个城市,他有点怯怯地要刘莉丽的电话,刘医生倒大方,给了一张她的名片。后来郝东方就主动与刘医生约会,那年年底他们就步入了婚姻的殿堂。

郝东方到底是弄文学的,身上究竟有一些浪漫气息,多了一些幻想,多了一些小资情调。刘莉丽却是弄医学的,身上更多科学精神,多了一些实际,多了一些逻辑推理。郝东方喜欢花花草草的,炒一个菜也喜欢色香味俱全;刘莉丽却十分务实,窗帘只要能遮光就行,饭菜只要能吃饱就行。婚后他们俩经过了一个不短的性格磨合期,郝东方终于缴械投降,一切随夫人的,不然这个家不得安宁。当医生的刘莉丽几乎有洁癖,回家后第一件事就是洗手。家里的东西放在哪里都有规定,用了以后必须放回原处,郝东方常常因此受到夫人责骂。就是在床笫之事上,郝东方也不得不听夫人的，刘莉丽规定只有在双休日才能做，郝东方却常常兴趣来了，踢开被子就干，往往被夫人推下身，甚至被推下床。

斗转星移，日月如梭，他们的儿子已去北京读大学了，他们夫妻间的话语好像越来越少。郝东方常常宅在家里，读书写文章；刘莉丽总是去医院上班，为病患服务。他们俩也曾经一起去旅游，法国巴黎、英国伦敦、埃及金字塔、柬埔寨吴哥窟，但是他们之间的共同话语好像越来越少，身体之间的接触也越来越少。郝东方现在是希望多多参加学术会议，可以自由自在地快活几天，少被夫人管头管脚，他忍受不了夫人絮絮叨叨的责难。

郝东方挂断了夫人的电话后，伸了个懒腰。今天需要收拾行李，会务组安排与会代表坐飞机去槟城。

5

槟城也称"槟州"，位于马来西亚西北部的马六甲海峡，全国第三大城市，是旅游胜地，从吉隆坡坐飞机到槟城只需一个小时航程。安娜、黄岚、胡珉是此次会议上的三朵鲜花，来自日本的黄岚胖胖的、矮矮的，无忧无虑嘻嘻哈哈；来自新加坡的胡珉高高的、瘦瘦的，文静深沉寡言少语；安娜的性格好像处于她们俩的中间，但是黄岚、胡珉如陪衬人一般将安娜陪衬得更加艳丽。

俗话说："三个女人一台戏！"安娜、黄岚、胡珉三个女人在上飞机前，就拿郝东方开涮，让郝东方交代是否出过轨，因为安娜提到了郝东方关于男人出轨的理论。在飞机上，郝东方凑巧坐在这三个女人旁边，审问一直进行着，最后郝东方只好讨饶，他故意夸大其词地说，"出轨过，出轨过"。黄岚咄咄逼人："说！出轨过几次？出轨过几次？"弄得郝东方又结巴了："出，出，出轨过无数次！无数次！"

下飞机后，主办者特意安排在美丽华美食中心吃午饭，吃的是槟城风味小吃，炒粿条、亚参叻沙、槟城虾面、炒萝卜糕，一样一样先后端上桌。美食中心几乎就像大排档差不多，在一个大棚里，天气很热，风扇呼呼地扇着，美味却十分可口。胖胖的黄岚显然是天然的吃货，边吃边流油汗，大喊过瘾过瘾。胡珉吃了碗炒粿条，就用餐巾纸擦擦嘴擦擦汗，说不想再吃了。安娜好像回到了台湾，台湾的蚵仔煎、卤肉饭、担仔面、葱抓饼、牛肉面应有尽有，安娜一边吃一边说着台湾的小吃。郝东方坐在一旁安静地吃着，他望着安娜将炒粿条中一只红红的虾塞进猩红的嘴唇里，他觉得很有美感，很有性感。

午饭后，大巴将一行人拖到了乔治市滨海的火烈鸟酒店，一只玫瑰色长颈的火烈鸟是酒店的LOGO。酒店的泳池碧蓝碧蓝的，让人想马上跳下去畅游。安娜与黄岚、胡珉约定午睡后下池游泳，安娜让郝东方也参加。郝东方将安娜的行李拖到房间门口，他欣喜地发现，他们俩是隔壁邻居，老方的房间在对门。

午后，郝东方听到有人敲门，咚咚咚，理直气壮的，安娜在门外喊："郝教授，游泳了！游泳了！"郝东方开门一看，安娜已经换上了湖绿色的泳衣，肩上披着一条大浴巾。郝东方让安娜等等，他匆匆换上泳裤出门。安娜望了一眼郝东方，他两块胸肌和肱二头肌凸起，呈现出男性的阳刚之气，见安娜的眼光，郝东方故意绷紧了肌肉。郝东方随着安娜一起下楼，黄岚、胡珉、老方已经穿着泳衣泳裤在泳池里了，两个女人见到郝东方便发出哇哇的惊叹声，大概也是惊叹郝东方的肌肉。郝东方一看她们俩，不禁哑然失笑，矮矮胖胖的黄岚穿着一件紫色的泳衣，露出肥肥的肩膀和大腿，像一只紫色的胖茄子。胡珉穿了一件猩红的泳衣，瘦瘦的躯体撑不起那件泳衣，就像晾衣架上晾了一挂红辣椒。老方大腹便便，好像满腹经纶不停地往外冒。郝东方究竟在少体校培训过的，他跳下泳池振臂游了起来，像水獭像海狮像蛟龙，让黄岚、胡珉羡慕不已，黄岚学着郝东方的模样跃手跃脚，却只在原地打转。

酒店的游泳池究竟太小，郝东方觉得施展不开，他挥动双臂游蝶泳，扑腾几下就到了泳池对面。酒店濒临大海，有人提出去海里游泳，郝东方立刻同意了，一行人出了游泳池，兴冲冲往海边走去。郝东方阳刚气十足地走在前面，胖胖的黄岚好像是企鹅摇过去的，瘦高的胡珉好像飘过去的，而肥硕的老方好像海象摆过去的。海边的沙滩上，有人在打排球、堆沙雕，郝东方一头扎进了大海，振臂往深处游去。安娜、黄岚、胡珉、老方在海边的浅水处，扑腾过来的海浪让她们几个一跳一蹦，不停地躲避海浪的冲击。郝东方挥臂畅游，游到有标志处再游回来，来来回回让他感受到大自然的亲和力。

郝东方游了大约半个小时，他忽然听到有人在海边大叫："救命！救命！"郝东方向海滩边望去，好像是黄岚在叫，郝东方用自由泳的方式奋力向海滩边游去。他看到黄岚、胡珉在齐胸的海水里，肥硕的老方在海滩边呆若木鸡，没有了安娜的身影，黄岚说刚才她们还在一起的，现在不见了安娜。郝东方抬头望着海面，只见海面上有一道晃动着的波纹，好像是有人在拨水，郝东方跳进浪中奋力游去，黄岚、胡珉焦急地望着郝东方的身影。

郝东方将被海浪打入海里的安娜拽上了岸，黄岚、胡珉、老方七手八脚地在一旁帮忙。安娜的水性不好，她们刚才约定在靠近海岸边玩玩，不料一个大浪将安娜拽进了海里。郝东方在少体校游泳培训时学过如何抢救溺水者，他清理双目紧闭的安娜嘴里的海藻，将安娜腹部放在他屈起的膝盖上，让安娜腹中的海水渐渐吐出。郝东方将耳朵靠拢安娜的嘴唇，几乎听不到一丝呼吸，他赶紧将安娜平放在沙滩上，不顾三七二十一，托起安娜的下巴，捏紧安娜的鼻孔，深吸一口气，往安娜口中吹气。郝东方示意黄岚、胡珉按压安娜的胸部，胡珉在一旁六神无主地流泪，黄岚伸开如莲藕般的双臂往安娜胸口按去，老方站在一旁好像想伸手却有些不知所措。酒店的医护人员来了，他们一起帮助郝东方做人工呼吸。黄岚突然发现安娜的胸口有了起伏，她大叫起来："醒了，醒了，安娜醒了!"酒店叫来的急救车,把安娜送去了医院。

晚饭时,医院传来了消息,安娜没事了,幸亏救得及时,不然即便救活了,缺氧时间过久,也有可能酿成智力下降,甚至导致脑瘫。微信群里不知道谁用手机拍摄下郝东方为安娜做人工呼吸的场景,郝东方嘴对嘴一口一口把气吹进安娜的肺叶里,身旁大腹便便不知所措的老方为背景,引来了许多人点赞,也有人说怪话的,说这个男人乘机捞一把!天下什么人没有,做什么事都会有人说!郝东方看了微信,淡淡一笑。那天谁都不记得是哪个提出下海游泳的,如果在游泳池游泳,根本不会发生这样的事情,郝东方心里想。

6

今天会议安排代表们在槟城游览,参观水上人家、姓氏桥、3D壁画、邱公祠。安娜没有参加,她在宾馆里休息,郝东方便有些魂不守舍,他随着大家漫不经心地走着。

不少人还在议论昨天的事情。黄岚、胡珉走在郝东方的身边,她们俩今天对郝教授特别亲热,黄岚拍了拍郝东方的肩膀说:"郝兄,您真够哥们的,昨天要不是您,安娜就被卷到海底了!"胡珉真诚地说:"郝教授,您的水性真好!浪里白条!"方先生在一旁不痛不痒阴阳怪气地说:"便宜都给郝东方占了,昨天我也想冲上去的!"黄岚不屑一顾地白了白眼说:"方大哥,您是说冲上去做人工呼吸吧?不是说冲进海里救人吧?"方先生笑嘻嘻地说:"都冲都冲,先冲进海里救人,再冲上前做人工呼吸,不能少一个步骤的,你说是吗?"胡珉冷冷地回答:"您就是有这个心,也没有这个水性!"

在参观壁画巷时,黄岚、胡珉十分兴奋,拉着郝教授给她们俩拍照。壁画巷的壁画,大多是 2012 年为乔治城节庆画的,画者为来自立陶宛的画家尔纳斯(Ernest Zacharevic),尔纳斯的壁画大多有生活的原型,充满着生动活泼的生活气息。最出名的壁画是骑自行车的姐弟俩,斑驳的墙上画着穿白衣灰裤的姐弟俩,姐姐在前面骑车,弟弟坐在后面抱紧姐姐的腰,张大嘴巴在嘶喊,仿佛在享受奔驰的刺激和快感。姐弟俩脸上都露出欢乐的神情,一辆真的自行车靠着壁画放着,好像真的是画中的自行车。黄岚用双手拽住自行车后的书包架,她让胡珉在她背后抱住她的腰,好像是想让飞驰的自行车停下，郝教授将这个场景拍摄入黄岚的手机中。

壁画巷的壁画琳琅满目，有黄衣男孩站在靠背椅上伸手去拿头顶的可乐的，有窗棂里姐弟俩伸手窗口外到笼屉里取食物的，有兄妹俩靠在一起荡秋千的，有小男孩跳起投篮被女孩盖帽的，有蓝衣黄裤墨镜男子推防盗门的……壁画巷还有许多当地艺术家制作的铁线画，让这条壁画巷生动了许多。蔡女士做了义务讲解员，她说："画家尔纳斯的许多壁画都有生活原型，如单车姐弟，是室内设计师陈景元的孩子，姐姐叫陈一，弟弟名陈肯。尔纳斯曾经说，其实每个人都是艺术家，当他们在街头看到这个壁画的时候，都能够以自己的方式进行诠释，完成艺术的二次创作。"郝东方整个上午都有些萎靡不振，与黄岚、胡珉的兴高采烈形成鲜明的反差。蔡女士让郝东方站在单车姐弟壁画前留影，郝东方绿色的背心与壁画的背景分外协调，郝东方严肃的表情与姐弟俩欣喜的笑容形成了有趣的对比。

午饭时走进酒店，郝东方意外地发现，安娜居然已经坐在玉宫海鲜楼了。大家纷纷上前问候安娜，安娜站起身向大家鞠躬致意。今天安娜穿了一身银灰色的正装，收腰的上装勾勒出苗条的身材。黄岚、胡珉兴高采烈地上前拥住了安娜，好像阔别多少年似的。安娜示意郝东方坐她旁边，让原本想落座的方先生有些尴尬，他移位坐在安娜对面了，嘴里含混地说"郝东方能坐，我就不能坐"？筵席开始前，安娜特意为自己和郝东方斟满了红酒，安娜悄悄地擎起酒杯，微笑着向郝教授敬酒，仅仅说了两个字"谢谢"，随即便说"我喝完，您随意"，仰脖就把满杯的红酒干了。黄岚、胡珉在一旁鼓掌叫好，对面的方先生两眼盯住了郝东方，意思是看你的了。郝东方举起酒杯一饮而尽。

下午会议安排参观孙中山纪念馆和娘惹博物馆。位于打铜仔街120号的一幢两层楼房，是1910年孙中山领导的同盟会南洋机关总部。广州新军起义失败后，孙中山于7月19日来到槟城，将同盟会南洋机关总部从新加坡迁到槟城。11月14日孙中山在这里召开大会，讨论发动新军起义的有关问题，筹得八千大洋，为黄花岗起义和辛亥革命奠定关键性的基础，此次会议史称"庇能会议"。蔡女士请曾经给来访的国家领导人作过讲解的许女士讲解，大家围坐在长条桌前，生动简洁的讲解，善解人意的话语，让大家感受到了孙中山当年的艰辛与执著。蔡女士请讲解员和大家一起合影，大腹便便的方先生特意插到镜头前面，挡住了郝东方的半张脸，郝东方伸手拨开方先生，方先生回头一个诡谲的笑。

走出孙中山纪念馆，他们一行又来到湖绿色两层楼的豪华的娘惹博物馆，门楣上有"荣阳"二字，两旁的对联为"荣华能使家声远，阳耀偏教世泽隆"。蔡女士介绍说这幢楼已经有百年历史了，房主人郑景贵为华人富商，祖籍广东增城，其父早年越洋到马来西亚谋生，后来郑景贵奉母命前往马来西亚寻父，随父经营工商业，后来成为马来西亚锡矿业巨头，他们家成为当地名门望族，1877年获封为霹雳州的"甲必丹"武官职衔（谐音取自Captain，当时代表州长）。郑景贵家财万贯不忘回馈，建立祠堂保留传统中国礼俗，兴建私塾教育子弟。2004年，这幢古宅经过整修，开辟为娘惹博物馆，收藏有上千件名贵古董和藏品。

心直口快的黄岚问："娘惹是啥意思啊？"

蔡女士回答说："早年郑和下西洋，来到马来西亚，跟随的有些华人随从就开始在南洋定居。华人男子娶了马来西亚本地女子为妻，生下的孩子，男的就叫峇峇（Baba），女的就叫娘惹，产生了华人文化与马来文化的融合，被称为娘惹文化，有了娘惹服饰、娘惹珠绣、娘惹餐具、娘惹菜肴等，这已经成为马来西亚宝贵的文化遗产。新加坡电视剧《小娘惹》就是在这里拍摄的。"

娘惹博物馆里，有一个别致的圈椅，用柚木打造，连在一起，却分别是不同的面向，精致的椅背倚座上用贝壳镶嵌了精巧的图案。穿银灰色正装的安娜，拉着郝东方分别坐在圈椅上，他们对目而视，让黄岚给他们俩留影。郝东方刚刚起身，大腹便便的方先生就一屁股坐下，他大概也想与安娜合影，安娜却装作没有看见似的款款起身。黄岚就坐在安娜坐过的圈椅里，让胡珉为他们俩合影，也就让方先生掩饰了安娜离座的不悦。

7

当晚槟城狂风暴雨，火烈鸟酒店的海滩上，狂风大作海浪滔天，雷电不时劈开夜空露出狰狞的面目。海滩边的几株椰子树，原本弯弯的树干被狂风刮得左右摇晃，像一个披头散发的疯女人。郝东方赶紧将通往阳台的门窗关紧,暴雨就像鞭子一般抽打在窗玻璃上。透过雨帘濛濛的窗户,郝东方发现那几幢靠海背山的高高商品房,好像在风雨中晃动,窗棂下海滩边红屋顶的连体别墅,好像是暗夜中的狮虎,默默地忍受着大自然的惩罚。宾馆的那泓蓝底白边露天泳池,在暴风雨中张开大嘴迎接倾泻的暴雨,泳池的水好像已溢出了池边。

郝东方打开手提电脑,想将他的会议论文《当代新诗与"一带一路"》修改润色,以便给相关的学术刊物发表。听着窗外的风狂雨猛,望着窗外漆黑的海滩,郝东方有些恍恍惚惚,眼前晃动着他给安娜作人工呼吸的场景,晃动着安娜被抢救过来后无力睁开的眼眸。郝东方突然想到今天参观娘惹博物馆时,蔡女士提到的新加坡华语电视剧《小娘惹》。郝东方便在网上搜寻,不一会儿网上便跳出了2008年出品的三十二集电视连续剧《小娘惹》。郝东方关注到该连续剧属于爱恨情仇的故事:温柔漂亮的主角哑女菊香出生在土生华人家庭,她被安排嫁给一位富有峇峇当妾,她逃婚中遇到日本青年摄影师山本洋介,他们俩情投意合私定终身。战争爆发后菊香夫妻不幸双双遇难,留下孤苦伶仃的女儿月娘。在外婆的养育下,月娘继承了娘惹的厨艺、女红。战后外祖父一家逃难回来，月娘遭受了被歧视、被折磨的命运，她始终忍辱负重保护外婆。月娘结识了司机陈锡，出身名门的陈锡隐瞒身份与月娘交往，却遭到家庭的反对和施压，他们俩决定私奔。

电视剧的第一集以倒叙的视角，描述菊香的逃婚和与山本洋介的结识。打开屏幕，郝东方被片头的歌词吸引：

> 愿意合上眼才能美梦无边
> 别让悔熏乌了从前
> 也许碎片才能让回忆展颜
> 何妨瓷花拼凑明天
> 谁带我寻获幸福的梦
> 却自己迷中困锁
> 谁为我留下缱绻的天涯
> 信物是抹晚霞
> 思念如燕
> 它飞舞舌尖

郝东方回头又看了几次片头，他琢磨着歌词的涵义。"也许碎片才能让回忆展颜/何妨瓷花拼凑明天/谁带我寻获幸福的梦/却自己迷中困锁",郝东方在窗外的狂风暴雨中咀嚼着这些有意味的词:"碎片""回忆""瓷花""拼凑""幸福""困锁"。

突然,有人在敲门,简直是捶门。郝东方起身打开房门,门口站着浑身被雨水淋湿的安娜,她以惊恐的表情结结巴巴地说:"对不起,郝教授,我房间阳台的门一直关不上,您能帮我去关上吗?"

8

蔡女士果然说到做到,过三天郝东方就收到了寄来的快递,那件绿背心完璧归赵了。那天郝东方不在家,快递是夫人刘莉丽收的。郝东方回家,见快递已经给夫人打开了,夫人好像漫不经心地问,这件背心是哪里来的。郝东方也似乎漫不经心地回答,是在马来西亚买的,见背心上的图案很漂亮,就买了,却忘记在宾馆的房间里了,蔡女士给寄来了。刘莉丽没有再说什么,只是瞪着眼睛望着郝东方,郝东方却有些怯,究竟是编的谎话,他不能告诉夫人是别人送的,尤其是不能告诉夫人是别的女人送的,女性都会争风吃醋。

回国后,安娜的10086又来过几次微信,虽然话语并没有什么出格,但是郝东方收到后,立刻就删除了,以免引起不必要的麻烦。郝东方发现妻子好像越来越关注他的微信,一有空就捧着他的手机翻看,弄得郝东方提心吊胆的。

后来就有不少传说是关于那天槟城风雨之夜郝东方与安娜的故事,居然有三个版本:

其一,在那个狂风暴雨之夜,安娜叩响了隔壁郝东方的门,她请郝东方去帮她关上通往阳台的玻璃门。郝东方尾随着安娜进了她的房间,只见瓢泼大雨不停地刮进房间,床铺的一角已经被雨淋湿了,桌子上的报纸被风刮得满地。郝东方迎着玻璃门刮来的暴雨,大步流星将玻璃门阖上了,他几乎没有费多少劲,他也不知道为何安娜没有将这扇门关上。当郝东方刚刚喘一口气想离开时,安娜张开双臂拥着郝东方向床铺上倒下去。安娜性感的双唇向郝东方的双唇靠拢,安娜丰满的胸脯向郝东方的胸脯贴去。

其二,在那个狂风暴雨之夜,安娜叩响了隔壁郝东方的门,她请郝东方去帮她关上通往阳台的玻璃门。郝东方尾随着安娜进了她的房间,只见瓢泼大雨不停地刮进房间，床铺的一角已经被雨淋湿了，桌子上的报纸被风刮得满地。郝东方迎着玻璃门刮来的暴雨，大步流星将玻璃门阖上了，他几乎没有费多少劲，他也不知道为何安娜没有将这扇门关上。郝东方喘了一口气，他张开双臂拥抱住被雨水淋湿的安娜，安娜挣扎着推搡着，嘴里嗫嚅着："郝教授，您别，您别这样！"郝东方还执拗地拥着安娜往床上去。走投无路的安娜腾出一只手，给了郝东方一个耳光，郝东方捂住脸颊走出了安娜的房门。

其三，在那个狂风暴雨之夜，安娜叩响了隔壁郝东方的门，她请郝东方去帮她关上通往阳台的玻璃门。郝东方尾随着安娜进了她的房间，只见瓢泼大雨不停地刮进房间，床铺的一角已经被雨淋湿了，桌子上的报纸被风刮得满地。郝东方迎着玻璃门刮来的暴雨，大步流星将玻璃门阖上了，他几乎没有费多少劲，他也不知道为何安娜没有将这扇门关上。郝东方喘了一口气，伸出手握了握安娜的手，他关切地说："安娜，没有事了，您洗洗早点休息吧！"安娜笑了笑，说："谢谢了，救命恩人，您总出现在我落难的时刻！谢谢了！"他们俩就像鲁迅散文诗《复仇》中的青年男女，既不拥抱，也不杀戮，虽然他们并没有赤身裸体，他们也没有手握利刃，他们告别了。

郝东方与安娜的故事不胫而走，在方先生的嘴里，在黄岚的微信里，在胡珉的电子信里。各种版本也传到了郝东方的耳朵里，郝教授紧张地皱起了眉头，他有些结巴地说："怎么，怎么，怎么可能呢？"他不说是，也不说不是。各种版本也传到了安娜的耳朵里，安娜吐了几个烟圈，她淡淡地一笑，有几分得意地说："我是自由人，怎么了？有什么问题吗？"各种版本也传到了会议组织者蔡女士的耳朵里，她记得她给郝教授寄的绿背心：在绿色的底色上，是几株深秋的银杏树。蔡女士喃喃自语："背心，背心，人，不能违背自己的良心啊！"

（原载《当代小说》 2020年第8期）

牙痛

李处长今天牙痛，右边的腮帮子肿了，牙神经折磨得他脑门子都抽紧了，好像心脏每跳动一次脑门子就被抽一鞭子似的。李处长不禁时时倒抽一口凉气，他瘦瘦的高个子被折磨得愁眉苦脸，背都有些弯了。

李处长上班时捂着脸抽着气，进办公大楼电梯时，有两位女下属华科长、刘科长恭恭敬敬地向他打招呼，李处长用手捂着腮帮子应答着。华科长见李处长的神色，问："处长，您不舒服？"刘科长问："李处长，您有病？""牙痛，牙痛！"李处长支支吾吾含混地回答。

中午刘科长到华科长办公室串门，两个女科长谈天说地时不知怎么提起了李处长的牙痛。李处长是急性子，对于下属特别严格甚至苛刻，两位女科长对李处长的牙痛便有些幸灾乐祸。胖胖的华科长说："这李鬼，是应该惩罚他，牙痛，牙痛，痛死他！"瘦瘦的刘科长说："这李鬼，牙痛，牙痛，现在没精神骂我们了吧。"

不知是谁提议编一个关于李科长牙痛的故事。华科长说："李处长去张局长办公室汇报工作，不知怎么惹恼了局长，局长怒气冲冲地抽了李处长一个大嘴巴。"刘科长说："李处长陪太太逛商场，盯着身边走过的一位吊带裙美女目不转睛，太太给了他一个大嘴巴。"华科长说："李处长星期天挤公交车，摸了一个女乘客的屁股，那女人回头就抽了他一个大嘴巴。"两个女人一胖一瘦越编越起劲、越说越高兴，嘻嘻哈哈笑成一团、抱成一团。

第二天李处长上班时牙还隐隐作痛，但比昨日好多了，脑门子被抽紧的感觉也已经舒缓了。他跨出电梯后，恍然间总觉得背后有一些奇异的眼光，那眼光有怀疑、有探询、有鄙视、有斥责，当李处长转身望着他们，那眼光便荡开了；有一些人交头接耳窃窃私语，当李处长走近那些窃窃私语者时，他们便噤声走开了。

　　接下来的几天,大楼里便传开了有关李处长牙痛的几个版本:李处长的牙痛是因为挨了局长的耳光,李处长的牙痛是因为挨了太太的耳光,李处长的牙痛是因为挨了女乘客的耳光……各种版本的复述者态度各异,有同情的,有怜悯的,有鄙视的、有斥责的。

　　几天后,李处长的牙痛痊愈了,李处长牙痛的各种版本的故事却仍然在大楼里流传着,只是还没有传到李处长的耳朵里。

（原载《楚风》 2014年第4期）

租赁男友

1

姚丽丽要回家过年了,为了应付母亲没完没了的唠叨和相亲安排,她想出了一个主意:租赁一位男友一同回家。

姚丽丽在网上挂出了租赁男友的启事:某女,未婚,国外留学归来,想租赁一位三十五岁以下未婚男性七天,要求大学文凭以上、个子1米75以上、长相清秀、谈吐得体。被租赁者以未婚夫身份跟随某女去浙江某市过年,一切开销由女方负责。被租赁者必须认真扮演未婚夫的角色,报酬人民币两万元。

姚丽丽二十九岁了,还没有男朋友,成为这个大都市里的剩女了。虽然她有过几次恋爱,但是后来都黄了,她倒独往独来依然潇洒,开着一辆红色的奔驰轿车上下班。她在一家外资公司工作,虽然收入不菲,但是工作太忙,外国老板总像挤牙膏一般让员工竭尽全力,她的工作不是朝九晚五,而常常是朝九晚九,回到住处早已筋疲力尽了。虽然她在市中心有一套不错的房子,因为没有结婚,也只是个住处,而不能算是个家。她羡慕在这个都市里有家的同事们,回到家里有人爱有人疼。她也羡慕父母在身边的同事们,他们的父母们常常在双休日安排着儿女们的亲事,甚至父母们会自己去某个公园的某个角落,参加代儿女相亲的活动,擎着贴有儿女照片与介绍的纸板,在那个公园的角落兜来兜去,像在推销一件滞销产品。

　　姚丽丽的家在一个江南古城,父亲曾经是市外贸局局长,几年前已经退休了,母亲是当地颇有名声的私营企业家,掌管着几家大型的服装公司,她们企业的服装已经出口到不少欧美国家。母亲总想让姚丽丽接替她的公司,甚至想让她的女婿接管公司。姚丽丽既不愿意接替母亲的公司,也一直没有男朋友,女婿的事便成为母亲的一桩心事。姚丽丽不愿意在这个小城里生活，在国外获得硕士学位的她，观念也已经受到外国的影响，觉得自己应该独立自主自食其力。回国以后，她便在这个都市找到了工作。

姚丽丽曾经有过一段伤心的往事，回国后她最初是在一家私营公司工作。那年姚丽丽只有二十五岁，她修长的身材、明亮的双眸、白皙的皮肤，虽然嘴显得大了一些，但是外国许多电影明星都有着一张性感的大嘴，索非亚·罗兰、安吉丽娜·茱莉、朱丽娅·罗伯茨都是大嘴。姚丽丽最初在这家私营公司做营销，由于她有着美国大学MBA的硕士，以及俏丽的容貌、伶俐的谈吐，营销业绩始终很出众，不久就被老板提升为营销部副主任。孙老板不到四十岁，先是做股票掘了第一桶金，后来涉足房地产，生意越做越大。孙老板为人爽直热情，他每年组织公司员工出去旅游。那次是在过年前去海南旅游，在上海时还是大雪纷飞，到了海南却阳光明媚。他们下海游泳、去歌厅唱歌，尽情享受人生。那天晚上，孙老板与公司员工们一起喝酒，孙老板与姚丽丽拼酒，把姚丽丽灌得醉醺醺的，是同事蒋艳芳把姚丽丽送回宾馆房间的。第二天醒来，不知道怎么回事，姚丽丽竟然躺在孙老板的怀里。姚丽丽大惊失色，继而泪流满面。孙老板嬉皮笑脸地哄着她，答应满足她的任何要求。姚丽丽提出孙老板与太太离婚与姚丽丽结婚，孙老板满口应承。后来姚丽丽便成为了孙老板的情人，开着孙老板买给她的奔驰轿车，一直等待着孙老板履行与她结婚的诺言。直到孙夫人打上门来，在宾馆房间的床上捉到姚丽丽与孙老板，将姚丽丽狠揍了一顿，姚丽丽与孙老板结婚的梦才破灭了。她在公司里再也待不下去了，便到处找工作，到了这家外资公司。

姚丽丽的母亲为女儿的婚事可谓操碎了心，她们家有自家的高楼大厦，有几辆轿车，有服装厂、服装店，她们家什么都不缺，就缺一个女婿。每次回家，母亲总会安排姚丽丽去相亲，姚丽丽不去吧，母亲会不高兴；去吧，姚丽丽自己会不高兴。这个小城市能有几个姚丽丽看得上眼的小伙子？不是獐头鼠目，便是庸俗不堪，碰到几个色色的，没说几句话，就将手臂搭上姚丽丽的肩膀，让姚丽丽起一身鸡皮疙瘩，便扭头就走。最多的一天，母亲居然让姚丽丽去与十个男人相了亲，累得姚丽丽脚都麻木了。

最近母亲又打电话来了，告诉姚丽丽，市法院来了一个博士，让姚丽丽回家相亲。姚丽丽烦母亲无休无止地让她去相亲,为了打消母亲让她相亲的计划,姚丽丽便策划了租赁男友之事。

2

陈海辉喜欢上网,今天他在网上看到一则"租赁男友"的启事,居然七天给两万元,这倒是一桩美差!陈海辉未婚,戏剧学院毕业,个头1米78,长相清秀,谈吐不俗,大学毕业后被分配到话剧团工作,三年来虽然也跑跑龙套,但也扮演过几个还算不错的角色。陈海辉比对租赁男友的启事,觉得自己的条件都吻合。最让他心动的是,前不久他接到一个电视剧组的邀请,让他在电视剧里扮演破坏别人家庭的第三者角色,过年以后就要开机,他想应聘租赁男友,体验那种第三者的感受。陈海辉在电脑上应聘,并将自己的一张半身照和一张剧照贴在应聘信里,留下了自己的手机号。

第二天,陈海辉接到了一个陌生女性的电话。电话那头说:"我是租赁男友启事的某女,我见到了您的应聘信。"最初,陈海辉没有回过神来,等到电话里说扮演男朋友七天,陈海辉才记起了这件事情。对方请他下班后6点钟到衡山路香樟园面谈。

话剧团的工作是忙碌的时候极端忙碌，排戏、演出是最忙碌的，清闲的时候又极端清闲，只要去团里点个卯，一切就自由了。陈海辉的女友夏琳琳是他大学的同学，他们俩一起被分配到话剧团。他们从大学二年级开始就好上了，现在已经有七年的恋情。在话剧团里，夏琳琳比陈海辉更出色，出演过两个戏的女主角，今年是话剧新秀女主角的候选人之一。他们俩都不是上海人，陈海辉是河南人，夏琳琳是浙江人，陈海辉二十五岁，夏琳琳二十四岁，他们都怀着对戏剧的爱好考入戏剧学院，又一起在话剧舞台上拼搏。上海的房价涨得离奇，他们现在只是租房，想买房还没有条件。

陈海辉没有告诉夏琳琳应聘租赁男友的事，他告诉琳琳今天晚上为电视剧的事要去会一个朋友。他下午5:45就到了香樟园，靠窗坐着，点了一杯卡布奇诺咖啡，望着街景与门口，等候着租赁男友的某女来临。

香樟园里有一株高大的樟树，饭店的设计者将这株樟树裹在饭店的玻璃房中间，别有情趣。尚未到晚饭时候，香樟园里比较冷清，陈海辉打开手机，看到前几天朋友发来的一条段子："当今三大扯淡：靠工资买得起房那是扯淡；靠政绩能升官发财那更是扯淡；说你没外遇那也绝对是扯淡。"当时收到时，他给夏琳琳看，两个人都笑，都对于前两句深以为然，对于最后一句绝对不以为然。现在陈海辉读来却觉得有些愕然，他想自己是应聘租赁男友，根本不是有外遇。但是又一想，如果他与某女在这里约会，给琳琳看到她会怎么想，难道不会怀疑是他有外遇吗？陈海辉很不自然地摇摇头，嘴角露出一丝苦笑。

陈海辉的手机响了，他抬头看见香樟园门口站着一个女子，高挑的个子、白皙的皮肤，穿着一件灰色的羊绒大衣，耳朵边贴着手机。陈海辉没有接，站起身向门口的女子招招手。那女子便走上前来，问清了是陈海辉，脱下皮手套与陈海辉握了握手，在正对面坐下。陈海辉觉得她的纤长手指有些凉。

落座以后陈海辉觉得有些尴尬，既不是谈朋友，也不是谈生意。那女子倒落落大方，两眼毫无顾忌地盯着陈海辉望了几眼，就像在商场里打量一件奢侈品。陈海辉到底是个演员，他心里想不就是演戏嘛，便轻松了许多，问："您要咖啡吗？"

她说："不要了，我们就点菜吧。"她拿起菜单，点了培根鳕鱼卷、蟹粉鱼翅、甘蓝菜等,还要了一瓶红酒。点完菜,她莞尔一笑,说:"我是姚丽丽,您是不是觉得我这个人有点怪?"

"没有,可以理解。"陈海辉望了望她,明眸皓齿。他之前生怕遇到一个令人生厌的雇主,那这七天将会十分漫长,现在面对这位有几分姿色的姚丽丽,陈海辉松了一口气。

菜一个一个上来了,服务员打开红酒,斟入高脚酒杯,姚丽丽端起酒杯,说:"陈先生,幸会,幸会!"

在酒杯相碰"叮当"的瞬间,陈海辉觉得他的心突然间紧缩了一下,好像这"叮当"的声音在他的心上敲击了一下,使这个奇异的约会变得有些沉重起来。

姚丽丽告诉陈海辉她租赁男友的原委,告诉陈海辉这两天她看了十多位应聘者,她看中了陈海辉,觉得无论从哪方面看,陈海辉都是一个会让她父母满意的男朋友。

陈海辉笑了笑,他向姚丽丽介绍了自己,也告诉姚丽丽他已有女朋友,他们之间已经有了七年的感情。他还告诉姚丽丽他即将出演一部电视剧,他将扮演剧中的一个第三者。

姚丽丽笑了笑说:"我从小也想当演员,但是没有天赋,现在有你这样一位演员朋友,也可以让我更加了解演员的生活。"

他们俩就像老朋友一般聊着,不多一会儿,一瓶红酒就底朝天了,桌上的菜肴也吃得差不多了。姚丽丽觉得她很久没有这样的好胃口了,陈海辉却觉得他扮演的租赁男友的角色已经开始了。

姚丽丽从她的包中取出两份早已准备好的协约,递给陈海辉说:"我们有约在先,请您看看有什么不妥。如果您认为可以,就请您签字。"

陈海辉拿过协约,粗粗浏览了一遍,觉得并没有什么出格的地方,与姚丽丽挂在网上的启事出入不大,便拿过姚丽丽递过的笔,在协约上签了字。

姚丽丽告诉陈海辉,他们一起坐火车回去,过年前交通拥挤,坐火车更方便。姚丽丽说等她买了火车票,会告诉陈海辉,到时他们可以在火车站见。

临走前,陈海辉准备去结账,姚丽丽以雇主的姿态阻止了,她掏出银行卡结了账。陈海辉为姚丽丽披上羊绒大衣,他们一起走出香樟园,握手告别,分别融入衡山路绮丽的夜色里。

3

陈海辉与夏琳琳准备今年国庆期间结婚,虽然目前他们还买不起房,他们打算先租套大一点的房子结婚,等以后攒到钱再买房。

夏琳琳曾给陈海辉看一个手机段子:"要想一天不安宁,你就请客吃饭;要想一年不安宁,你就买车买房;要想一辈子不安宁,你就找个情郎。"陈海辉胳肢琳琳,说:"你还想找情郎?你还想找情郎?"琳琳痒得浑身乱颤,说:"我的情郎是你——陈——海——辉!"

陈海辉也给琳琳讲了一个故事:"蜜蜂狂追蝴蝶,蝴蝶却嫁给了蜗牛。蜜蜂不解:他哪里比我好?蝴蝶回答:人家好歹有自己的房子,哪像你住在集体宿舍。"陈海辉说:"我变成蜗牛就好,就有自己的房子了。"夏琳琳说:"你有自己的房子了,那么我住到哪里去?"他们俩嘻嘻哈哈地笑,但是生活在这个大都市,买房的压力对于他们俩来说实在太大。

他们俩买了电视剧《蜗居》的碟片,一集一集津津有味地看着。夏琳琳说:"我就是海清饰演的郭海萍,而陈海辉你就是郝平饰演的苏淳,但是我们还不如郭海萍、苏淳,他们毕竟已经买了自己的房子,而我们还是无房户。"

陈海辉没有告诉琳琳租赁男友的事情,他对琳琳说今年春节他要去体验生活,因为电视剧的事情,他就不能陪琳琳去她父母家了。琳琳表示能够理解,她想让陈海辉也能够拍出一部像《蜗居》那样的电视剧。

姚丽丽发短信给陈海辉,告诉他定于年初二十九坐下午2:25的动车,他们1:50在上海南站动车进站口等候。陈海辉查阅了火车时刻表,动车到那里还不到一小时。

去火车站的时候天空飘起了雪花,陈海辉拖着他平时出差的黑色小行李箱,穿着黑色的羽绒衣,戴着黑色墨镜,看着雪白的雪花飘落下来,停在他黑色的行李箱、羽绒衣上,黑白分明,他却想着他这个租赁男友是对还是错,黑白不分明。

姚丽丽看到陈海辉的时候,开玩笑地说了一句:"我的男朋友呀,你浑身黑的,像一个黑社会老大!"

陈海辉望着穿着红色皮茄克围着米色羊绒围巾的姚丽丽,戏谑地回答:"现在我是伙计,老大是您呀！"

陈海辉提了他们两个人的行李，上了动车。

大概是窗外积雪的缘故，车厢里亮堂堂的。他们俩的座位靠在一起，陈海辉让姚丽丽坐在靠窗的位置。火车缓缓驶出了月台，姚丽丽取出一只保温杯。陈海辉赶紧起身，去车厢连接处倒开水。他将保温杯递到姚丽丽手里时，姚丽丽对他一笑，说："谢谢！"

陈海辉说："不用谢。"原本他还想说，我是为你打工的，谢啥呀。

坐在他们俩对面的是一位七十多岁的老大爷，有一部银色的冉冉长须。他望着陈海辉、姚丽丽，问："小两口回家过年？"

陈海辉刚想说不是，姚丽丽马上接口道："我们还没有结婚，准备今年年内办。"

老大爷捋着长须说："现在提倡晚婚，但是也不能太晚了，也应该对下一代负责呀！"

姚丽丽笑了笑说："工作太忙，顾不上呀。房价又太贵，男朋友又挣不到钱，总不见得租房子结婚吧？"说完，姚丽丽伸出一个手指，戳到陈海辉的眉心，他想躲，却没有躲过，姚丽丽的指甲在他眉心划了一道浅痕。

陈海辉尴尬地摸了摸眉心。

姚丽丽伸手在陈海辉的眉心揉了揉，陈海辉刚想躲，突然想到自己租赁男友的身份，便坐定了身子，任姚丽丽的手在他的眉心揉着。姚丽丽手上法国香水的味道特别刺鼻，指甲上绘着一朵朵猩红色的梅花，充满着撩拨人心的诱惑。陈海辉觉得自己像被捆绑在案板上任人宰割的猎物，每个毛孔都警惕着紧张着，浑身却使不出力气。

陈海辉告诉姚丽丽他即将出演的电视剧《谁是第三者》的情节，这是一部警匪加爱情的通俗电视，把越狱出逃的主人公凌越峰与追捕逃犯的公安人员杜沧海之间的斗智斗勇，以及与女主人公茅惠慧之间的情感纠葛交织在一起。陈海辉将在电视剧中扮演公安人员杜沧海。

姚丽丽从手提包中摸出一袋美国开心果，她将开心果的壳剥了，将湖绿色的果仁塞到陈海辉的嘴里。陈海辉刚想移开嘴唇，突然想到自己租赁男友的身份，便将嘴唇迎了上去。

姚丽丽含情脉脉地望着他问："My darling，好吃吗？"

陈海辉避开她的眼光，机械地回答："好吃，好吃!"

窗外的雪还在下着,纷纷扬扬,动车以每小时280公里的速度飞驰。望着窗外的雪,陈海辉内心有些茫然,他虽然是演员,虽然他想将租赁男友当戏一样地演,但这毕竟是在现实生活中呀。他也不知道这七天将面临怎样的局面,他应该怎样去演。

姚丽丽渐渐地将头靠在他宽大的肩膀上了,陈海辉闻到了她头发中发蜡的香味,他的鼻孔痒痒的、辣辣的,他忍不住打了一个喷嚏,唾沫打在姚丽丽的脸上。他赶紧连声说对不起对不起,从衣袋里掏出餐巾纸为她擦拭。姚丽丽闭上了眼睛,任陈海辉为她擦拭着,似乎这是一种享受。

姚丽丽告诉陈海辉她们家里的情况,包括她家里的亲戚,她告诉陈海辉一切都要按照她正式的男友来做,要让她家里和亲戚朋友都相信。

4

姚丽丽早已告诉家里她带男友一起回家,她的妈妈亲自到火车站来接了,司机开的是一辆黑色的宝马。

姚丽丽的妈妈在出站口见到陈海辉时，拉着他的手满脸堆笑。陈海辉有些尴尬地叫阿姨，姚丽丽却催逼着说："叫妈妈，叫妈妈！"陈海辉从牙缝里挤出两个字："妈妈。"陈海辉觉得自己像一个初登舞台蹩脚的丑角，根本不会演戏。

司机将他们俩的行李都拖去了后备箱，姚丽丽一手挽着妈妈，一手挽着陈海辉，在雪地里咯吱咯吱地踩着，陈海辉好像觉得脚下的声音也是对他的嘲笑。

刚坐上车，陈海辉收到了一条短信，是夏琳琳发来的，问他是否已经到了体验生活的地方。他马上回了一条，说还在路上，他原来跟夏琳琳说的地方比这里远。

姚丽丽问是谁来的短信，陈海辉回答是单位同事。姚丽丽对陈海辉翻了翻白眼，她大概猜出了是陈海辉的女友，在她妈妈面前她不能戳穿他。

这个濒临杭州湾畔的城市，是一个历史文化名城，这些年来市政府努力创建国家园林城市、全国绿化模范城市、国家级卫生城市，城市的面貌大为改观。车子开在洁净的街道上，陈海辉却没有心思观看街景，他像以往上台演出前一般，在熟悉自己台词般地默默无言。

姚丽丽的妈妈问他:"丽丽说你是明星,演过什么戏呢?"

陈海辉回答说:"您别听丽丽乱说,我只是跑跑龙套罢了。"

姚丽丽对妈妈说:"海辉马上要更加出名了,他将出演电视剧《谁是第三者》的主角。"他们都开始进入角色了,都换用了爱称。

轿车驶进靠湖的一条幽静的巷子,在一幢粉色的三层楼房前停了下来,这是姚丽丽家的豪宅。司机将行李提进了房门,走出一个老人,姚丽丽上前抱住了,叫了声"爸爸",陈海辉也上前叫"爸爸"。老人瘦瘦的,颧骨有些突出,拄了一根龙头拐棍。他望了望陈海辉,伸出一只手拍了拍陈海辉的肩膀,说"好,好"!

陈海辉在二楼的房间里将行李打开,取出了牙刷、毛巾,他在盥洗室里洗了洗脸。他不知道姚丽丽怎么安排他,他们是睡在一个房间里呢,还是安排他单独睡。他有些紧张,他甚至想打退堂鼓,马上买火车票回家,他想去跟琳琳一起过年,而不是跟这个租赁他的女人。

陈海辉脱了鞋靠在床上。这张红木大床很有气派，床头雕刻着双龙戏珠，龙角、龙须栩栩如生。其实昨天晚上陈海辉还有些犹豫，到底去不去当租赁男友，弄得大半夜没有睡着。现在倚靠在被褥上，空调开得暖暖的，望着房间里豪华的布置，他不知不觉地睡着了。

蒙眬中有人推醒了他，姚丽丽说："懒鬼，起床了，妈妈在皇家大酒店设宴为我们接风呢！"

睁开眼睛的陈海辉还以为自己在租住的屋子里，看到满面春风的姚丽丽，他才记得自己租赁男友的角色，便一骨碌爬起来，洗了洗脸，下了楼。

皇家大酒店是这个古城最豪华的，门口列着一排个子高挑的迎宾小姐，在这个大冷天居然都穿着旗袍，开叉高高的，露出里面一截雪白的大腿。在这个临近过年的时节，皇家大酒店高朋满座热闹非凡。姚丽丽的妈妈摆了十桌，几乎将重要的亲戚朋友都请到了。姚丽丽让陈海辉搂着她的腰走进酒店，他们俩被安排在居中的主桌落座。姚丽丽的妈妈下午特意做了头发，头顶上的头发被吹得高高堆起，就像一座富士山。她满面春风地张罗着，并且忙碌地拉着姚丽丽、陈海辉见这个伯伯、那个叔叔，姚丽丽的妈妈居然还请了市文化局局长、市话剧团的团长，也引着陈海辉

——拜会。陈海辉觉得自己如同一个牵线木偶，被牵着动手动脚，这位牵线人就是他的雇主姚丽丽。陈海辉觉得自己已经没有了思想，他笑着握手、笑着点头、笑着举杯、笑着喝酒。

亲戚们听说姚丽丽的男友是一个演员，就有人提议让陈海辉表演节目。姚丽丽的妈妈满口答应了，她走到陈海辉身边让他表演节目。陈海辉说他是话剧演员，不是歌唱家，在这个闹哄哄的场合怎么表演，姚丽丽的妈妈就觉得有几分尴尬，脸就拉下来了。陈海辉忽然觉得姚妈妈像颐指气使的慈禧太后，自己就像阿谀奉承的太监李莲英，就缺屈起腿给老佛爷请安了。姚丽丽提议请陈海辉朗诵一首诗，或者朗诵他表演过的话剧的一段台词。

陈海辉想了想，想到他在戏剧学院读书时朗诵的裴多菲的一首情诗《我愿意是急流》，那是在大二时与夏琳琳合作的节目，也就是那个时候他与琳琳开始了恋爱。

话筒递过来了，陈海辉清了清嗓子，用充满深情的语调朗诵：

　　我愿意是急流，

山里的小河,

在崎岖的路上,

岩石上经过……

只要我的爱人

是一条小鱼,

在我的浪花中

快乐地游来游去。

我愿意是荒林,

在河流的两岸,

对一阵阵的狂风,

勇敢地作战……

只要我的爱人

是一只小鸟,

在我的稠密

树枝间做巢,鸣叫。

……

　　陈海辉洪亮浑厚的嗓音、字正腔圆的音韵、充满深情的朗诵打动了全场,这个摆着三十多桌酒宴的大堂,突然之间静了下来,人们手中的酒杯都放了下来，筷子都停了下来，笑谈声也静了下来，大家竖起耳朵聆听陈海辉的朗诵。陈海辉朗诵完，大约有几秒钟的静寂，然后突然响起一阵阵哗哗的掌声，陈海辉的朗诵为今晚的酒宴增添了色彩。

首先被打动的是姚丽丽，她瞪着一双多情的眼睛，望着陈海辉丰富的表情，听着从陈海辉嘴里吐出的每一个词，她将陈海辉当作了创作这首情诗的诗人，她将自己当作了诗歌中的"我的爱人"，将这首诗歌当作了陈海辉对她的爱情表白。她的脸色涨得通红、心跳加速、呼吸急促，陈海辉还没朗诵完，她几乎就热泪盈眶了。她擎起斟满红葡萄酒的酒杯，站起身对着陈海辉说："老公，祝你演出成功！"

陈海辉愣了一下，赶紧也站起身，与姚丽丽碰杯，见姚丽丽一饮而尽，他也将一满杯红酒灌了下去。

酒席间，在上盥洗室的时候，陈海辉给琳琳发了个短信："我已到达，一切均好，勿念。"琳琳马上回了一个："知道了，多保重，注意安全。"陈海辉盯着琳琳回的短信看了很久，心里有一种酸痛的感觉。

酒宴后回到姚家，姚丽丽喝醉了，是陈海辉扶着她上楼的。一进房间陈海辉就将她的大衣、围巾、鞋子脱了,将她放倒在床上,将空调打开。

陈海辉脱了大衣,在沙发上坐下,自己倒了杯水。他觉得有些累,就像参演了一台大型话剧,甚至比演出话剧还累,他不知道是体力上的,还是精神上的。他真觉得这个租赁男友的戏不好演,他也很难进入这个角色。他不知道今晚他住哪里,他想问姚妈妈,但又不敢问。

床上的姚丽丽睡得很沉,酒劲还没有褪去,满脸桃红色。陈海辉仔细打量着熟睡的姚丽丽,应该说她长得很漂亮,弯弯的柳眉、挺挺的鼻梁,除了嘴偏大以外,姚丽丽可以进入美女的行列。但是姚丽丽没有琳琳长得精巧雅致,如果说琳琳是精雕细琢的象牙,那么姚丽丽则是粗粗打磨的玉石。陈海辉觉得姚丽丽身上有着她母亲的霸气,那双明眸中隐藏着难以捉摸的心计,而琳琳属于柔弱一族,无论如何琳琳也不会想到租赁男友这样的点子。

陈海辉洗了脸洗了脚,从橱柜里拿了床毛毯,插了门躺在沙发上。他睡不着,听着姚丽丽在轻轻地打鼾。

窗外哪家的孩子还在放烟花,五彩的烟花将窗帘映红了。

5

清晨,陈海辉被吻醒了,他以为是琳琳,仍然闭着眼睛说:"别吵,琳琳,让我再睡一会儿!"

"起床了,老公!老公,起床了!"姚丽丽用很大的声音叫。

陈海辉睁开眼,姚丽丽在他的脸前,俯下身子用嘴吻他的眉心。陈海辉一骨碌跳起来,说:"姚丽丽,别,别这样,我是租赁男友,我们是做给别人看的,我们单独在一起的时候应该保持距离。"

"知道了,我又不会吃了你,七天过后,我还是完璧归赵的。"姚丽丽笑嘻嘻地说。

姚丽丽一早醒来,见陈海辉熟睡在沙发上,她有些感动。真是一个坐怀而不乱的男人,她知道自己昨晚喝醉了,陈海辉竟然将她照顾得好好的,对她根本没有任何非分的举动。她不知道是自己缺乏魅力,还是这个男人心气高傲。

拉开窗帘,太阳已升得很高了。姚丽丽提议今天带陈海辉去外面走走,看看这个小城市。陈海辉也很愿意,他怕在房间里姚丽丽又会做出什么令他难堪的举动。

洗漱后,保姆端上了两碗糯米汤圆,他们俩匆匆吃完,告别了老俩口出门。姚妈妈让他们俩晚上去德瑞斯西餐馆吃年夜饭,她说今年换花样,年夜饭吃西餐。

姚丽丽开着那辆黑色的宝马轿车,轻车熟路地在城里转。他们先去揽秀园,在这个以"秀水东汇沪渎,西控语溪,襟带具区,独揽其秀"而命名的园林,他们赏碑刻、登亭阁。然后他们摆渡上湖心岛,登烟雨楼,望楼下假山、翠竹、游廊、鱼池,眺远处南湖波光潋滟、游船如织,陈海辉压抑的心境豁然开朗。

他们下烟雨楼,登南湖红船,当年中共第一次代表大会曾经在此船上召开。上船时,陈海辉捷足先登,姚丽丽跳上船时,大概因为脚步急了一些,她没有站稳,险些跌下河,要不是陈海辉一把抱住她,她就成落汤鸡了。姚丽丽惊魂未定地紧紧抱住陈海辉,她抬眼含情脉脉地望着陈海辉,陈海辉几乎不敢望她的脸,他放下手,弯腰进了船舱。

午饭在五芳斋总店吃栗子肉粽,还一人要了一碗汤,价廉物美十分可口。

陈海辉细心地为姚丽丽剥下粽叶，将剥出的粽子放到她面前的碗里，再剥自己的。他们坐在靠窗的位置，望着街上忙碌的人们、来来往往的车子，陈海辉想，不知道现在琳琳在干啥。

陈海辉问姚丽丽今天晚上是否让他单独住一间，反正她们家有不少空房间。姚丽丽不以为然地说："你是我的男朋友，我们昨天住一个房间，今天就要分居吗？家里还以为我们吵架了呢！"陈海辉无奈地摊了摊手。

午饭后，他们在店里小坐了一下，便去游览双魁巷。走在石板路面的明清古巷，陈海辉很高兴地左顾右盼，这里人家皆枕河，过街楼、板壁房、雕花窗，古色古香。姚丽丽说她从小就在这样的巷子里走，已经没有感觉了。他们又去了沈钧儒纪念馆，沈钧儒从一个科举出身的进士成为一个坚强的民主主义者，解放后担任全国政协副主席、全国人大常委会副委员长、民盟中央主席。建于清代晚期的沈钧儒故居，粉墙黛瓦、古朴典雅，就像沈钧儒长须冉冉风度翩翩。

他们到德瑞斯西餐馆时，姚丽丽父母和亲戚已经到了。包房里有一台宽屏电视机，他们准备一边吃年夜饭，一边看中央台的春节晚会。

这里的西餐像模像样的，姚母介绍说是法国请来的厨师，牛排、沙拉、鹅肝、鱼籽酱都美味可口。西餐桌原先是长条的，姚母特意请餐馆摆了一个圆桌面，一家人围着坐才像过年。姚丽丽的父亲今晚的话特别多，与陈海辉聊得尤其投机。他告诉陈海辉最近流传的2009新概念，姚爸爸记性真好，居然可以背下来："一个中心：一切以健康为中心。两个基本点：遇事潇洒一点，看事糊涂一点。三个忘记：忘记年龄，忘记过去，忘记恩怨。四个拥有：无论你有多弱或多强，一定要拥有真正爱你的人，拥有知心朋友，拥有向上的事业，拥有温暖的住所。"姚爸爸将杯里的黄酒一口饮尽，将杯子底给陈海辉亮了亮，示意陈海辉也应该喝完，陈海辉也一饮而尽，也向姚爸爸亮了杯底。

姚爸爸喝得有点多了，他拍了拍陈海辉的肩膀说："小伙子呀，听到了没呵，一定要拥有真正爱你的人。"姚丽丽插话说："老爸，这个是09新概念，已经是老皇历了，现在已经是2011年了。其实后面还有呢！五个要：要唱，要跳，要俏，要笑，要苗条。六个不能：不能饿了才吃，不能渴了才喝，不能困了才睡，不能累了才歇，不能病了才检查，不能老了才后悔。"姚丽丽摸摸陈海辉的后脑勺说:"海辉呵,我爸爸现在老了,他后悔了,我们不能老了才后悔呀!"

姚爸爸伸出手装做要打姚丽丽的模样,说:"这个小丫头,怎么就扯到我身上呢?"大家哈哈哈地笑了。

陈海辉觉得今天晚饭黄酒喝多了,平时他不喝酒,今天大概喝了至少8两黄酒。姚妈妈对着陈海辉举起酒杯,说:"海辉呀,我们丽丽就交给你了,你要照顾好她,结婚的钱都我们承担了,只要你对我们丽丽好,一切好办。"

陈海辉本不想再喝了,但是姚妈妈将满杯的黄酒一饮而尽,陈海辉只好举杯将酒也饮了。他觉得头有些晕,电视屏幕里正在演出的节目也有些模模糊糊的了。

6

下车时,姚丽丽要搀扶他,陈海辉摆了摆手,自己走下车登上楼。

姚妈妈在背后说:"这小俩口有意思,昨天是丽丽喝醉了,今天是海辉,他们俩像轮流值班似的。"

陈海辉进了盥洗室,挏了把冷水脸,脑子清醒了许多。他躲在盥洗室里给琳琳发了条短信:"琳琳,新年快乐!你是小鱼,我是浪花;你是小鸟,我是树枝。爱你的海辉。"他用的是裴多菲《我愿意是急流》中的诗句,这是他们俩都滚瓜烂熟的。

琳琳马上回了:"只要你是急流,只要你是荒林,我就在你的浪花里游,在你的数枝间唱。爱你的琳琳。"读到琳琳回来的短信,陈海辉突然觉得自己像被囚禁在牢狱里一般,孤独、寂寥、苦痛、酸楚,内心好像打翻了五味瓶一样,眼眶突然就有些湿润了。

走出盥洗室,姚丽丽抛给他一套名牌内衣内裤,说:"你先去洗个澡,我们早些休息吧。"

陈海辉说:"我带了,穿我自己的吧!"

姚丽丽撇起嘴说:"什么我的、你的,你现在人都是我的!"

陈海辉无奈地点点头,拿起名牌内衣内裤,进了盥洗室,插上门,开始洗澡。听到刚才姚丽丽说我们早些休息的话,他想到一个相声段子说各地新郎新娘进洞房时,新娘说的第一句话,最逗的是新娘对新郎说:"今天是啥日子,你还傻站着干啥呢?"

洗完澡走出盥洗室,陈海辉吓了一跳,姚丽丽头发上戴了个浴帽,上身就穿着个粉红色的胸罩、下身就穿着条窄窄的三角裤,她推开愣在那里的陈海辉,诡谲地一笑进了盥洗室。

陈海辉倒了杯茶,坐在沙发上。从盥洗室里传出姚丽丽冲澡的声音,她连门都没有合拢,热气从虚掩的门里张牙舞爪地涌出,好像向陈海辉扑过来的怪兽。陈海辉觉得那莲蓬头里水的声音特别刺耳,他觉得自己就像被海船打捞上来的鱼,在宽大的甲板上被渔民们用水冲着,马上又被放入冷库。他想起身将盥洗室的门合上,但是他的脚好像被粘住了一般,他干脆打开电视机看还在播放的春节晚会节目。

"老公,过来帮忙!"盥洗室传来姚丽丽的声音。

陈海辉听不清,关小了电视机的声音,他听到了姚丽丽在叫他。"干吗?"他问。

"请你把茶几上我的换洗衣服递给我!"姚丽丽娇滴滴地说。

陈海辉愣了片刻,拿起茶几上的内衣裤,走到盥洗室前,将头扭过去,把手伸进虚掩的门,说:"呶,拿去!"

姚丽丽打开门赤裸裸地站在陈海辉面前,她赌气似的一把抢过衣裤,"嘭"地一声关上门,里面传出她"哈哈哈"的大笑。

陈海辉筋疲力尽地坐回到沙发上,电视机里是赵本山的小品《同桌的你》。他现在一看到赵本山那种破样子就烦,他想也就是这么几个看厌了的动作与表情。他把电视机关了,听窗外接连不断的鞭炮声。去年这个时候他是在夏琳琳家过的,琳琳的父母都是老实巴交的工人,朴实真诚,像他自己的父母一样。

沐浴后的姚丽丽脱下浴帽、套上睡衣睡裤,她蹦上了床,望了一眼陈海辉,戏谑地问:"你今晚还是睡沙发?"陈海辉点点头。

"丽丽,丽丽!"是姚妈妈在敲门。

"哎,来了!"姚丽丽从床上蹦起,一把将陈海辉拉上了床,在陈海辉无奈地靠在床头时,姚丽丽打开了房门。

"什么事呀?今天累死了。"姚丽丽又蹦上床,靠在陈海辉肩膀上,作亲昵状。

姚妈妈见他俩亲昵的情状,满脸堆笑,说:"我给海辉送压岁钱来了。"说完,她掏出一个红纸包,里面是厚厚的一叠。

陈海辉竭力推辞着,说:"压岁钱是给孩子的,我们都赚工资了,只有孝敬父母,怎么可能拿您的钱呢?"

姚妈妈真诚地说:"初次见面,就算我们作为父母的一点小意思吧,只要你对我们丽丽好,我们只有这一个女儿,我们的财产还不都是你们的吗?"姚妈妈还亲密地摸了摸陈海辉的头。

姚妈妈走出了房间,将房门合上了。陈海辉像正在被火烤一般,突然之间跳下床。姚丽丽用十分夸张的姿势向陈海辉招手,她对着陈海辉的耳朵边说:"我妈妈还没有离开门,大概正将耳朵贴在房门上听呢。"她对陈海辉耳语了几句,让陈海辉在床沿上用力坐,床铺发出咯吱咯吱的声响,她自己却嗲声嗲气地哼哼起来,把陈海辉吓了一大跳。

半响陈海辉才意识到,姚丽丽这是做给她妈妈听的,他这才尽心尽责地尽他租赁男友的工作,使劲将床铺弄出更大声响。

7

陈海辉有度日如年的感觉,他将姚妈妈给的一万元压岁钱还给姚丽丽,说等他离开时给他两万元工钱就是。姚丽丽说:"你先拿着吧,我再欠你一万元就是。"

新年里到处张灯结彩喜气洋洋，租赁男友陈海辉跟着姚丽丽，给她的亲戚长辈们拜年，与她的中学同学聚会，他觉得自己就像姚丽丽牵着的一条名种犬，到处招摇而不撞骗。陈海辉现在也逐渐习惯了他的租赁男友的身份，总是主动地揽着姚丽丽的腰、搂着姚丽丽的肩，甚至在众多亲朋好友面前附和着姚丽丽，说几句亲昵肉麻的话，做几个暧昧的动作。他们俩甚至在与姚丽丽中学同学聚会时被逼着咬一个悬挂着的苹果，姚丽丽一口咬住了他的嘴唇，令大家捧腹大笑。

姚丽丽甚至还带他去看她妈妈想让她约会的市法院的博士，矮挫挫的一个土老冒，黑黑的皮肤、猥琐的神态，令姚丽丽忍俊不禁眼泪都笑了出来。他们俩还去了姚母的服装厂、服装店，陈海辉觉得姚母是一位女强人，企业给她管理得井井有条。

他们俩在家中仍然上演着美满姻缘的场景，他们俩在房间里不时仍然上演着压床的戏，只是姚丽丽的哼哼声更加放肆，而一关上房门陈海辉就远离姚丽丽，他不想这七天破坏他与夏琳琳七年的感情，他是一个非常传统的男子，他十分欣赏天鹅的从一而终。

这几天的姚丽丽特别兴奋，她成为各个场合的中心,她看出人们望着他们俩的眼光,常常透露出欣赏甚至妒忌,很多人都说他们俩是一对绝配。但是当关上门他们单独在一起时,姚丽丽却觉得十分伤心,别说陈海辉会拥抱她,就是无意中胳膊碰到她,陈海辉也会马上道一声对不起,像碰到蛇一般退避三舍。姚丽丽常常想是否自己没有姿色,缺乏吸引男人的诱惑力,但是她自己感觉到走在街上,她的回头率还是很高的,她还没有到徐娘半老的时候。她曾经在心底里将孙老板与陈海辉比较,两个人都有男性的帅气,但是两个人的脾性完全不一样,孙老板是处处拈花惹草,陈海辉却坐怀而不乱;孙老板虽然有钱而无信,陈海辉虽然无钱而有信。她觉得陈海辉是一个值得托付一辈子的男人,白天在大庭广众面前陈海辉的亲密温顺,让她觉得"人生得一知己足矣"的幸福,晚上单独相处时陈海辉的冷若冰霜,让她寒心让她心碎。她甚至在半夜里爬起来,打开灯,望着熟睡在沙发上的陈海辉英俊的面容,甚至将她的眼泪滴在陈海辉的脸上,又用她的舌尖将他脸上的眼泪轻轻舔去,被弄醒了的陈海辉十分恼怒,他推开姚丽丽将头钻进了被窝里。

　　陈海辉扳着手指头度日,他想到拿到两万元报酬回家后,他想做的一件事情是给夏琳琳买一枚钻石戒指,那是他们俩逛街时在周大福金店看到的,夏琳琳非常喜欢。一颗晶莹剔透蓝荧荧的宝石,配着宝石座子白金优雅的造型,夏琳琳说结婚时她要陈海辉给她买这枚戒指。陈海辉忘不了在金店里夏琳琳盯着这枚戒指时的眼光,后来他们一起在老城隍庙九曲桥边排队吃南翔小笼包,边望着九曲桥上摩肩接踵的人们。

半夜里陈海辉睡不着,他起床解手,打开灯,见姚丽丽也睁着双眼没有睡意,脸上有不少泪痕。等他关灯回到沙发上后,姚丽丽将床头灯打开了,她对陈海辉说:"海辉,你跟我结婚吧!这几天我觉得我们很合得来,我不会亏待你的!"

陈海辉摇了摇头,说:"姚丽丽,我是租赁男友,我们是有约在先的,我是有未婚妻的,我们今年国庆节就要结婚了,我们已经谈了七年恋爱了!"他激动起来,声音响了起来。

"嘘!"姚丽丽示意他轻一些,如果让她父母听见了,租赁男友计划不是前功尽弃了吗?"很多事情是可以变化的,这个世界也不是一成不变的,何况人呢?何况男女之间呢?"姚丽丽苦口婆心地说。

陈海辉说:"姚小姐,我只是你七天的租赁男友,过了这七天,我走我的,你行你的,我不想让你有这样不切实际的想法!"

他们俩的谈话不欢而散,就这样默默无语地看窗户上渐渐发白发亮。

由于大半夜没有睡,当窗户亮起来的时候,他们俩都又睡着了。

这天他们都起得很迟,早饭与午饭在一起吃了。

8

这天是年初四,第二天就可以离开这里回去了。虽然昨天晚上他们俩之间有些话不投机,但是想到明天可以回家了,就像被判刑十年的囚徒可以出狱了,陈海辉的情绪就好了起来。

吃午饭时陈海辉主动与姚丽丽打招呼,并将手亲昵地搭在她的肩上。

姚丽丽没有理睬他,还用手拨开了搭在她肩上的手。

姚母好像看出点什么,问:"丽丽,你与海辉吵架了?"

姚丽丽回答说:"没有,没有!"她苦笑了一下。

姚母对陈海辉说:"海辉,男子汉应该谦让,女人常常耍一些小脾气,你让她一下、哄她一下,马上就会雨过天晴的。"

陈海辉点点头,很快地将碗里的饭塞进嘴里,回房间去了。

姚丽丽没有与陈海辉打招呼,午饭后就独自出门了。她告诉姚母她去看她们中学的班主任。姚母下午也出门去了,因为生意上的事情。只有姚爸和陈海辉两人在家。

陈海辉这位租赁男友被放假了大赦了,他感到无比轻松,不必再去姚丽丽的亲朋好友面前演戏了,就像脱下戏装揩净油彩,走出戏剧的角色与情境,恢复他自己的本色。

陈海辉没有出门,在房间给琳琳发短信。他改编了他们熟悉的那首情诗《我愿意是急流》:

我愿意是芦苇,

在秋天的河边,

在月圆的夜晚,

将银白的芦花挥洒……

只要我的爱人

是一朵涟漪，

将我的身影

倒映在你的清波中

我愿意是白鸽，

在蔚蓝的天空翱翔，

让白云擦拭我的翅膀，

让鸽哨把恋人呼唤……

只要我的爱人

是一阵轻风

陪伴在我的周围

在我的耳畔叮咛、轻吻

  琳琳马上回复了短信："你不是芦苇，你是向日葵；你不是白鸽，你是大雁！爱你的琳琳。"

  陈海辉打开电视机，春节期间都是唱唱跳跳的节目，他百无聊赖地调着频道。

  忽然他听见客厅里有很大的响声，好像是什么东西被拉倒了的声音，陈海辉出房门一看，是姚爸！他倒在客厅里人事不省。

  陈海辉赶紧上前去推他，叫："爸爸！爸爸！"姚爸痛苦万分地皱眉，他已经不能说话了。

陈海辉赶紧拨了120急救电话，告诉他们住的地址，告诉病人的情况。接着，他拨打姚丽丽的手机，姚丽丽好像还在生他的气，很不客气地问："有啥事找我？"

当知道是爸爸病了后，姚丽丽说："你赶快将爸爸送去医院，我这里离家很远，我给妈妈打电话，你送到医院后告诉我在哪一家，我直接去医院！"姚丽丽在电话里就有些抽噎了。

救护车很快就来了，医生将姚爸抬上急救车，陈海辉随车同行。在车上医生检查着姚爸的脉搏、血压，陈海辉握着姚爸瘦骨嶙峋的手，想着他自己父亲去世时的情景。他觉得特别紧张，心里念叨着："快、快、快！"他突然觉得自己与这个濒临窒息的老人有着某种亲情，觉得自己与这个家庭有着某种缘分。

当姚爸被抬进市人民医院急救室后，姚妈、姚丽丽先后赶来了，姚妈到底见过世面，显得十分冷静，她没有在急救室门口等候，她直接去找了医院院长，院长亲自到急救室看了看，告诉姚妈，姚爸的生命没有危险，只是看后期恢复的情况，看是否会留下后遗症。

姚丽丽显得惊恐万状,在急救室门口坐立不安,自言自语:"这怎么办?这怎么办?"

陈海辉将姚丽丽扶到急救室门口的椅子上坐下,他仍然记得租赁男友的责任,他扶着姚丽丽的肩膀,喃喃地对她说:"医生说没有问题的,医生说没有问题的!"姚丽丽没有拨掉陈海辉的手臂,大难来临的时候最需要有一双大手的帮助、一个肩膀的倚靠。

急救室的门开了,被抢救过来的姚爸被转移到十号病房继续观察诊治。当他被安顿好以后,他对大家一笑,用沙哑的嗓音说:"马克思没有收留我,又放我回来了!"

姚妈走上前,握着姚爸的手,说:"医生说没事,休养几天就好了!"

姚丽丽走上前,将她的脸颊贴在爸爸的脸上,眼泪流出了她的眼眶。

姚爸说:"傻闺女,流什么眼泪,我这不是好好的吗?"

姚爸望了望站在病床边的陈海辉,招手示意陈海辉过去,他将陈海辉与姚丽丽两只手放在一起,说:"海辉,我女儿就交给你了,你要好好照顾她!"

陈海辉只好点点头回答:"爸爸,您老好好休息,您老放心吧,我会好好照顾她的。"说完陈海辉觉得自己的脸红了。

医生告诉他们,病人现在需要休息,不能太激动,让病人家属先回去。

走出医院时,姚妈对陈海辉说:"多亏有你,不然的话,家里没有其他人,丽丽爸爸大概就糟糕了!"

陈海辉揽住姚丽丽走出医院,回到家里。

9

陈海辉七天租赁男友的期限到了,他去医院探视了姚爸,他的病情已经稳定了。

陈海辉告别了姚妈,姚丽丽开宝马轿车送他去火车站。在车上,姚丽丽把另外一万元给了陈海辉。

姚丽丽对陈海辉说:"到了那里给我发个短信。"

陈海辉点点头。

姚丽丽又问陈海辉:"以后我可以给你打电话吗?"

陈海辉回答:"没有特别的事情就别打吧。"

姚丽丽说:"你就对我一点也没有感情吗?一夜夫妻百夜恩呀!"

陈海辉说:"我租赁男友的工作结束了,我们不是夫妻,我们是租赁契约关系!"

姚丽丽说:"我回去后想约你女朋友出来聚聚,让我看看你的夏琳琳到底是用什么把你勾住的,让你这样坚贞不屈。"

陈海辉说:"不必了吧,我希望你以后找到一个能够让你满意的男朋友,而不是租赁男友。"

姚丽丽说:"我到现在还想不通,难道我就这么没有吸引力吗?我在你的眼里、在你的心里,我到底是一个怎样的女子呢?"

陈海辉说:"姚丽丽,你美丽聪明,你很有吸引力,只是我不想背叛我与琳琳七年的感情,我不可能用七年的感情换七天的契约。我想这个你是可以理解我的。"

在月台上,姚丽丽显然有些依依不舍,她对陈海辉说:"我最后还有个要求,不知道你能否满足我?"

陈海辉问:"什么要求?只要我能够办到的。"

姚丽丽说:"我想让你最后拥抱我一下。"

陈海辉张开双臂认真地拥抱了姚丽丽,姚丽丽冷不防在陈海辉的嘴唇上吻了一下,等到陈海辉想避开,已来不及了,他的唇上已印上了姚丽丽的口红。

火车开动时,陈海辉看见姚丽丽的眼眶里蓄满了泪水,泪水渐渐沿着她白皙的脸颊流下。

陈海辉用餐巾纸揩干净唇上的口红,如释重负般地舒了口气。

到上海南站的时候,因为春节期间不卖站台票,琳琳只能在车站门口接。当陈海辉拥抱着琳琳时,他觉得自己的臂膀好像有些僵硬。琳琳也觉得什么地方有些怪怪的,她觉得陈海辉身上有种名贵香水的味道,她问:"你现在也用香水了?"她知道陈海辉从来不用香水。

"没有呀!我怎么会用香水呢?!"见到琳琳,陈海辉兴高采烈。

他们俩去了避风塘吃点心,过年大鱼大肉吃腻了,吃点心比较合适。

当他们俩坐定以后,陈海辉点了菜,他握住琳琳的双手问:"你想我了吗?"

"不想,有什么好想的呀?"夏琳琳娇媚地笑笑。

陈海辉说:"我每天,不,我是每时每刻都在想你!"

晚饭后,他们俩去淮海路散步,夜晚的淮海路灯红酒绿,新年的气氛异常火红。陈海辉揽着夏琳琳,在淮海路绿地的树丛中,他深深地吻了夏琳琳,夏琳琳也气喘吁吁地迎合着他。

夏琳琳建议说:"天太冷了,我们不散步了,我们回家吧!"

陈海辉说:"英雄所见略同,走,回家!"顺手招了一辆出租车。

人们都说"久别胜新婚",陈海辉与夏琳琳还没有结婚,但是他们都已经体验了"久别胜新婚"的感受。

当他们俩赤身裸体精疲力竭地瘫倒在床上后,夏琳琳发现陈海辉的内衣裤都换了国际名牌阿玛尼,她问:"新买的?"

陈海辉愣了一下,说:"是的,新买的。"

夏琳琳问陈海辉生活体验得如何,陈海辉说大有收获,但是具体情况却含含混混地应付几句。

陈海辉的手机来了一条短信,他拿过手机一看:"你到了没有?怎么没有给我短信?"

陈海辉这才记起忘记给姚丽丽发短信了,夏琳琳拿过手机看了看,问:"谁呀?"

"在一起体验生活的朋友。"陈海辉嗫嚅道。

"男的?还是女的?"夏琳琳问。

"当然是男的！"陈海辉义正词严。

夏琳琳告诉陈海辉，剧团准备排练一个新的话剧，她明天要和导演一起去与剧作家谈剧本。

临睡着之前，陈海辉又要了一次。夏琳琳嘲笑他说："你就像山上下来的土匪，饿狼一样的。"

陈海辉笑嘻嘻地回答说："这也就证明你老公这些天洁身自好清清白白！"他想起这七天对于姚丽丽诱惑的抵抗，他现在真有些佩服自己坐怀而不乱的贞节了。

夏琳琳用一根手指点着他的眉心嘲弄地说："除了我这个傻蛋，还有哪个女的会稀罕你呢？！"

"不一定！肯定有！"陈海辉笑笑，这七天租赁男友的情景便一幕幕地在他眼前浮现着。

10

陈海辉过年七天租赁男友的事情终于被夏琳琳知道了。

回来后的第二天，夏琳琳去与剧作家谈剧本，陈海辉独自去周大福金店买了那枚钻石戒指。下午夏琳琳回来，陈海辉便神神秘秘地掏出来，让夏琳琳闭上眼睛，他跪在琳琳的面前，将这枚钻石戒指戴在琳琳的无名指上，好像演绎了一出浪漫的求婚剧。

琳琳睁开眼，看到手指上璀璨的戒指，兴高采烈地给了陈海辉一个深吻。

琳琳目不转睛地欣赏着这枚戒指，随口问："你哪来的这么多钱？"

"我在外面打工挣的。"陈海辉回答。

年假后上班了，陈海辉接到姚丽丽的电话，说想见见陈海辉。

陈海辉说："我们的合同已经结束了，我不想再见你了！"

姚丽丽说："你就这样绝情吗？我们交个朋友也不可以吗？"

陈海辉说："没有这个必要！"

姚丽丽说："你这样绝情你会后悔的！"

陈海辉说："我绝不后悔，我后悔的是做了七天的租赁男友！"

姚丽丽竟然到话剧团门口来候陈海辉，陈海辉见到她，还是丢下那句话，然后扬长而去。

姚丽丽愤然地独自站在路边，望着陈海辉远去的身影，忍住了即将滴落下来的眼泪。

那天，姚丽丽约了夏琳琳在半岛咖啡馆见面。姚丽丽居然将陈海辉七天当租赁男友的事情和盘托出，她蛮横地要夏琳琳退出与陈海辉的关系，她自己决定要嫁给陈海辉。

夏琳琳握住咖啡杯的手在颤抖，她一言不发，只是听姚丽丽说着说着，她的眼前只有姚丽丽两片猩红的翻动的嘴唇，她在说什么好像都不重要了。

从咖啡馆出来，夏琳琳整个人昏昏沉沉的，眼前一直是姚丽丽的两片猩红的嘴唇。现在她才明白了，她手指上的这个钻石戒指居然是陈海辉做租赁男友得来的，这七天陈海辉居然与这个猩红嘴唇的女人同居一室，这七天陈海辉居然背着自己做这样见不得人的勾当，他竟然置他们俩多年的感情而不顾。夏琳琳独自在街头无意识地走着走着，从衡山路走到淮海路，从淮海路走到南京路。在南京路久光百货时，她收到了陈海辉的电话，问她为什么还不回来。她没有回答，即刻挂断了电话。陈海辉又打过来，她还是没有回答，干脆关掉了手机。

半夜2点，夏琳琳才昏昏沉沉地回到住处。打开门，灯还亮着，陈海辉在客厅里打电话，他已经给琳琳熟悉的许多朋友打电话问琳琳的下落，他甚至已经想报警了。

进门后琳琳的神情让陈海辉吃惊,等到夏琳琳将那只钻石戒指抛到他的脸上时,陈海辉才意识到东窗事发了。

陈海辉向夏琳琳解释事情的前因后果,夏琳琳两手捂住耳朵不想听。她从橱柜里拿出一床被子,抛到客厅的沙发上,对陈海辉冷冷地说:"今晚委屈你睡在沙发上,明天请你搬出去住!"就将卧室的房门"砰"地关上了,任陈海辉怎么敲门也不开。

陈海辉没有睡,他坐在沙发上,他感到委屈,这七天他天天睡沙发,现在又让他睡沙发。他现在有些后悔了租赁男友的事情,现在是有嘴都说不清楚了,姚丽丽这个变态女人到底做了些什么呢?

陈海辉给姚丽丽打电话,在电话里姚丽丽挑衅地说:"老公,这半夜里给我打电话,想我了吧?现在你的日子也不好过了吧?你弄得我难过,你也别想好过。"

陈海辉知道了姚丽丽找琳琳的事,他几乎是哀求似的对姚丽丽说:"求求你放过我吧,那两万元我可以还给你,你别再给我捣乱了!"

姚丽丽蛮横地说:"除非你跟我结婚!"

陈海辉决然地说:"我请你早些断了这个念头,我陈海辉就是一辈子打光棍,也不会娶你的!"

第二天早晨,陈海辉想找夏琳琳解释,夏琳琳不听。陈海辉想拖住夏琳琳,给她说清楚这件事,他跪下了,抱住了夏琳琳的腿,夏琳琳抬手就给了他两个耳光。她一甩门出去了,临走时留下一句话:"请你搬出去,希望我回来时别再见到你!"

租赁男友的事情传开了,大家都当作笑话讲。姚丽丽、陈海辉、夏琳琳之间仍然处于尴尬的状态,姚丽丽还在纠缠着陈海辉,她想与陈海辉结婚;陈海辉则纠缠着夏琳琳,他想说清楚这件事,他想恢复与夏琳琳的关系。

《谁是第三者》电视剧组解除了与陈海辉的合同,因为陈海辉目前的精神状态已经难以胜任这样的工作。陈海辉为扮演第三者担当租赁男友的体验完全付之东流了。

(原载《星火》 2011年第3期)

消失了的朦胧

华一帆教授两眼的纱布被缓缓地揭开了,眼科主治大夫张医生伸出三个手指在华教授眼前晃动,华教授十分清晰地看到了张医生三个细长的手指,甚至看清楚了他手掌上的掌纹,这是在白内障手术以前不可能这么清晰看到的。

华教授看到了在一旁十分焦虑、紧张的妻子的眼光。见到华教授明亮的眼神,妻子似乎松了一口气。华教授觉得眼前妻子的这张看熟了的脸似乎有些异样,妻子额头的皱纹显得这样清楚,眼角旁的鱼尾纹在妻子渐渐露出的笑靥中变得更加深了,华教授情不自禁地皱了皱眉,这使得妻子有了几分紧张,她小心翼翼地问:"一帆,怎么样?有什么不舒服吗?"张医生用专用的眼科器具仔细地检查了华教授的双眼,便说手术十分成功,在接下来的视力检查中,华教授左眼的视力从手术前的 0.1 竟然上升到 1.0,右眼的视力从 0.2 上升到 0.9,这对于华教授来说简直是一个奇迹。张医生关照华教授说,过半个月再来复查一次。

1

华教授是在这个月初才决定要做白内障手术的,下个月他要去法国领取巴黎画展的一个奖项。年初以来,华教授的白内障日益发展,以致好几次他在校园里走路,都与人撞在了一起。华教授打听了有关做白内障手术的情况,医生告诉他这是一个小手术,不会有什么问题,手术后视力的恢复是无疑的。他就想将白内障手术做了,可以用一双明亮的眼睛去看看外面的世界,看看巴黎卢浮宫的世界名画。

华一帆教授在学生中有着很高的威信,不少学生崇拜他,尤其是近年来他的画屡屡在国际和全国的美展中得奖,使华教授成为中国当代画坛的一个奇迹。他的画被行家认为以一种独有的朦胧美构成其独特的意境，以其色彩运用的大胆与奇特，打破美术界传统的审美观念，使其作品具有极大的视觉冲击力，体现出一种生命的张扬与生动，使其作品洋溢着现代派的意味。他那张获得巴黎美术作品奖的画《感觉》，以非常态的大红大紫大黑，描画线条曲折的女性人体，别致的构图、夸张的线条、奇异的色彩，使画幅在象征意味中形成了奇特的境界。美术系的教授们则对华教授近年来的成就感到大感不解，多年来在美术界一直默默无闻的华一帆，五年前还从来没有获得过任何奖项，不知什么原因，近五年来五十多岁的他却十分走运，几乎成为得奖专业户，虽然历来文人相轻，但是面对捧回一个个奖杯的华一帆，美术系的那些教授也只有以嫉妒的眼光假意恭维几句，有的或者干脆仍然用不屑一顾的眼神表达对华教授的蔑视。而美术系的学生们却对华教授钟爱有加，他的选修课，学生是最多的，尤其是那些女学生，对于这样一个瘦小的教授在创作中迸发出的激情与魅力大为赞赏，甚至有一位女学生当面问华教授，您是否已经进入了第二青春期？问得华教授一愣，半天不知道如何回答。最近，这位女学生正在创作题为《情欲系列》的毕业组画，特意要求由华教授指导。

华教授在患眼疾的五年来，因视力的原因，很少看理论。他常常翻阅梵高、莫奈、毕加索等西方现代派画家的画册，用自己丰富的想象对这些大师的作品进行"再创造"。他把自己的许多生命、生活、情感的体验注入其中。冥想，成为他这五年来的"功课"形式。当他创作的时候，往往是这种奇思冥想积累的情感达到了"爆炸点"。

最了解华教授的莫如他的妻子洪珊了，她在与丈夫吵嘴时曾经说，华一帆近年在美术中的走运是歪打正着，是白内障成就了他的艺术。

2

洪珊是华一帆在美术学院读研究生时结识的，华一帆当年虽然学习刻苦，成绩却不佳，再加上身材矮小与谢顶，婚姻问题就成了老大难。导师周教授将他当儿子一般看待，让周师母给他介绍过好几个对象，都以对方看不中他而告吹。

洪珊是学校当时招募来的模特儿，第一次见到洪珊是在周教授的课堂上。华一帆本来并不上人体写生课，这些课程是对大学本科生开设的，因为要画一幅参展的作品，周教授就让他到课堂上画裸体模特，为华一帆创作的作品搜集素材。那天正是华一帆约会失败以后，华一帆坐到教室后面，头脑还是懵懵懂懂的。那模特儿一出场，华一帆倒是一愣，虽然以前他也画过女性裸体，但是此次的感觉却是空前的，也不知道是那模特儿线条的优美、皮肤的白皙，还是眼神的忐忑惶恐，使华一帆突然对这模特有着一种怜香惜玉般的怜悯，他注视着模特挺挺的乳房、白皙的大腿，一时间似乎有着喘不过气来的感觉。

华一帆在周教授的指导下构思了一幅题为《搏斗》的油画，以一位女性痛苦扭曲的裸体，表达女性从内心到肉体的搏斗。在此画定稿的过程中，周教授让华一帆面对模特儿将有些线条再作些修正。周教授的课已经结束了，华一帆不可能再坐在教室里面对模特修改了，教授就热心地让这模特儿特意为华一帆的画再服务一次。教授将模特洪珊带到教授个人的画室，在教授的指导下，让洪珊摆出一种十分艰难的姿势，就如米开朗基罗的雕塑《垂死的奴隶》，一手抬起置于脑后，一手抚胸，表现出一种扭曲与痛苦的姿态。华一帆面对着洪珊的裸体，一笔一画地修改着画面。因为洪珊做模特时间长了，华一帆与洪珊也就比较熟悉了，他喜欢洪珊身上那种稚气与单纯，他边画边有一句没一句地与洪珊聊天，华一帆发现了这女孩的淳朴与可爱，也发现了这女孩还有着一些艺术天赋，虽然她并不懂专业的术语，但是她对绘画有着独特的理解，她甚至告诉华一帆她也想学习美术，虽然并不一定想成为画家，但是她却认为从事美术创作是一项十分有趣的工作。

也不知道什么时候教授离开了画室，画室里只剩下了洪珊与华一帆。大概是洪珊这个艰难的动作摆久了，她想将扭在脑后的手臂放下来歇一歇，也想让站久了的腿松一松。也许是腿站久了有点麻木，洪珊在调整动作时一不小心人就往前一栽，也许是条件反射，华一帆一伸手就将裸体的洪珊揽在了怀里。温热白皙的年轻女性胴体躺在华一帆的怀里，使原先是扶一把防止洪珊跌跤的企图，就变成了对于这样一具美丽裸体热切、贪婪的拥抱，华一帆随即就将洪珊紧紧地抱着，不让这具美玉般的胴体挣脱。华一帆自己也不知道当时他的力气会这样大，他喘着粗气将洪珊紧抱在怀里，就如同抱着一个失而复得的祖传宝物，他用胡子拉碴的嘴去亲吻她的嘴、她的颈、她的胸、她的腹。洪珊也渐渐不再挣扎，而是将她的身体扭动着,将她的手伸进华一帆谢了顶的蓬乱头发里,一边发出一种急切的呻吟,一边将她的玉体迎合了上来。

婚后的生活,华一帆沉浸在幸福之中。西方许多艺术大家的人物画,不但给他以艺术的滋养,也增强了他青春的生命活力。他饱饮着爱情的甜蜜甘霖。然而创作的作品缺乏内涵,显得浮浅、空洞。

3

华一帆白内障手术以后,心态却变得失望与茫然,原先在他眼前模模糊糊、朦朦胧胧的一切都变得十分清晰,他原先以想象去填补朦胧美,现在却没有了美感,他原先认为美的事物,现在却变得十分丑陋。这使得他常常闭起眼睛,想象他原来心目中的形象,尤其是对于妻子洪珊,他常常用挑剔的眼光去看,甚至用十分挑剔的眼光去看,有时觉得妻子已经有点惨不忍睹了。

妻子洪珊有着一种开朗好动的性格,嫁给了华一帆以后,她就不再当模特儿了,在美术系大专班进修后,她就留在美术系办公室工作了。她喜欢国画,有情绪时还会画一两张花鸟画、山水画,她的一幅画也曾经被选入全国性的美展中。也许是在美术系工作的缘故，也许是当年当过模特儿的缘故，洪珊对自己的体形总是十分注意，星期六总是要去体操房做健身运动，星期天也经常去参加交谊舞会，这与华一帆好静的性格有着鲜明的反差。

婚后，洪珊就成了丈夫的专用模特，华一帆的许多画中都可以见到洪珊的身影。随着年岁的增长，华一帆就很少让妻子做模特了，洪珊却常常故意在丈夫的面前展示她的胴体，有时她在沐浴后故意赤身裸体地在华一帆面前跳起舞来，扭动着丰满的臀部，将赤裸白皙的大腿高高抬起，她总是会摆出米开朗基罗的雕塑《垂死的奴隶》的模样，还尽量做出一种诱惑的表情，并回忆起他们在周教授画室里结合的一幕，这就常常撩拨起华一帆的欲望，他抱起妻子狂热地亲吻……

从医院动手术回家后，有着洁癖的洪珊就让华一帆去浴室里冲洗一下，在华一帆冲洗以后，洪珊也进了浴室。洪珊忘了拿要换的内衣内裤，她用毛巾揩着湿淋淋的头发，赤裸着从浴室里走出。华一帆如往常一般故意与洪珊开着玩笑，将她手里的内衣内裤抢走，细细欣赏着妻子的裸体。他让洪珊做出《垂死的奴隶》的模样，洪珊笑了笑，说道："老不正经！"也就顺势将一只手置于脑后，一只手放在胸前，华一帆就用双眼细细打量着妻子的胴体。他突然发现妻子身上的皮肤变得粗糙了，留在他心目中周教授画室里模特儿洪珊皮肤的白皙不见了，他发现妻子的乳房也软绵绵地挂了下来，在周教授画室里那一对坚挺的乳房不见了，妻子的眼光显示出一种怜爱、亲昵，在周教授画室里那种羞涩、冲动的眼神没有了，华一帆一时露出了一种呆滞的神态。

华一帆甚至怀疑，是张医生不小心在给他做手术时，损了一根神经，使他丧失了对妻子的生命激情，甚或是做手术用的麻醉针剂，使自己心态老化了。

4

这些年来，因为白内障，妻子在华一帆面前虽然是模糊蒙眬的，但是大概是以往留下的印象与记忆，他们之间常常演出这一幕时，华一帆总是激情洋溢、血气方刚，作为美术家的他对美总是有着独特的感受与追求，他也常常渴望在他们的生活中充满着美，甚至在夫妻的性事中也具有美的韵味。在他的双眼做了手术后,在他注视着妻子逐渐老化了的胴体时,以往的美感似乎在他的眼前消失了,他的内心充满着无奈和失望。

在他的画室里,他开始创作一幅题为《涌动》的油画,他在手术以前就将画稿的布局基本确定了,这是在一片春意盎然的田野里几具卧在绿野上的女性裸体,她们面对着太阳,将胸腹部高高挺起,远处有几只野鹤张开翅膀腾空飞起,有一条蜿蜒的小河以优美的曲线与女性胴体的曲线相映衬。

华一帆开始往画幅上抹油画颜料,他用开过刀的双眼细细打量着画面,他觉得今天他画得特别不顺,各种颜料的色彩似乎与他原来所见的有了不同,这逼得他画几笔,就停下来观察一番,过去画画时的那种激情似乎没有了,等到他将大半幅画的颜料抹上后,他简直为自己的这幅画而羞愧,平平淡淡,色彩的搭配似乎这样本分,老老实实,线条的勾勒似乎如此精确,他的画的色彩已经没有了先前的大胆,线条也缺少了一点朴拙,画幅没有了以往视觉的冲击力。他停下画笔,点起一支烟,以一种颓唐的眼光注视着画面。

画室的门被轻轻地敲响了,华一帆"请进"的声音刚落，就进来了一个染一头金发的女学生，这是华一帆教授指导创作《情欲系列》组画的毕业班学生林霖。华一帆手术后第一次面对她，好像一下没有认出她，问，你找谁？林霖浅浅一笑，说，华教授，你不认识我了？华一帆没有料到在他面前亭亭玉立光彩照人的女子竟是以前他并不太注意的林霖，他认真地打量着林霖，他看到她那对闪亮的眸子，那白皙的脸上的一对酒窝，那曲线分明的体形，他愣住了，直到林霖又叫了他一声，他才回过神来。

林霖展开她带来的一幅画，是她的《情欲系列》之一。画幅上一对青年男女的裸体拥抱交织在一起，那种挣扎与追求，那种欢欣与痛苦，都在两具裸体的相拥中得到了表现，男性肌肉的凸显，女性线条的柔美，将阳刚与阴柔在比照中显得特别突出，那种生命力的涌动，那种欲望的渴望与宣泄，都在具有夸张意味的构图中得到了充分的展示。这幅画的构图是得到他的指导的，但是色彩的运用他却并没有指导过。面对着这样一位秀美的女学生画出的这样大胆的画，华一帆教授不禁有些惊讶，虽然他知道画幅的色彩明显受到他几幅获奖画的影响，颜色运用的大胆，笔触的奔放等，都有着他的画的影子，但是画幅给予他的感动是十分明显的。

林霖望着华教授专注的神情，用疑惑不解的口吻怯怯地问，华教授，您看这幅画画得怎么样？华一帆点点头，他说林霖的这幅画可以去参加全国大学生美术竞赛，并说他可以推荐，他认为虽然这幅画的色彩运用还缺少个性，但是整幅画从构图到内涵都有发人深省的地方。林霖十分激动，脸上洋溢着青春的笑容，这使华一帆感觉到了美。他没有看出林霖笑容中藏着的狡黠。

5

华一帆登上汉莎航空公司的飞机，去了巴黎，飞机上的空中小姐与国内的空姐不一样，老的、少的、胖的、瘦的都有，法国女郎的美丽在这些空姐身上丝毫不能感觉到，不像国内的空姐，如同选美一般，一个个都颇有姿色。华教授有些不满，尤其是为他坐的这边舱位服务的空姐，年纪大且不说，瘦瘦的没有一点女性的曲线。但是，空姐热情的服务、坦诚的笑容逐渐改变了华教授的感受。

华一帆教授用他那双明亮的双眸去观看外面的世

界。他的画《感觉》获得了巴黎美术作品奖,他成为获奖人中为数不多的黄色人种的画家,晚宴上中国驻法国大使专门向他敬酒,祝贺他为祖国争得了荣誉,祝愿他有更多更精美的作品问世,华一帆教授将杯中的法国葡萄酒一饮而尽,表示了他的谢意。

在巴黎的几天是十分惬意的,法国方面对华教授等获奖者在巴黎的活动作了精心安排,登艾菲尔铁塔,眺望巴黎全城的景色;游塞纳河,观望塞纳河绮丽的风光;游巴黎圣母院,为哥特式教堂的精美而赞叹;逛香榭丽舍大街,为凯旋门恢弘的气势而驻足;观凡尔赛宫,为宫殿的气势磅礴布局严谨而惊叹。华一帆教授独自在卢浮宫参观了一天,他在这座举世瞩目的艺术殿堂和万宝之宫中踟躇,他在希腊罗马艺术馆、埃及艺术馆、东方艺术馆、装饰艺术馆里匆匆浏览,他在绘画馆、雕塑馆里久久观赏,他对于最著名的"镇馆三宝"爱神维纳斯、胜利女神尼卡和蒙娜丽莎有些失望,大概由于以往对于这些世界艺术珍品的期望值过高,当他面对这些艺术珍品的时候,心里觉得也不过如此,尤其是那幅名画《蒙娜丽莎的微笑》,画幅小不说,还被玻璃罩了起来,这幅名画前人头攒动,游客纷纷拥到画前,华教授挤到这幅画前,已经失去了欣赏的兴趣，他觉得比起卢浮宫那一幅幅巨幅油画来，蒙娜丽莎并非特别杰出。华教授为自己能够有一双明澈的眼睛观摩这些名画而兴奋，也为那些在自己心目中原先那么经典的艺术品而失望。

在巴黎街头，华一帆教授看到了不少十分美艳的巴黎女郎，金黄的秀发、高挑的身材、标准的三围，令华教授有了创作的冲动，华教授在他的写生本里画了不少速写，画下了他在巴黎所见的有特点的场景。在巴黎，华教授还去了拉丁区，在拉丁区的双叟咖啡馆要了一杯咖啡，坐在临街的椅子里，望着暮色里的街景，望着来来往往的人群，听着隔壁教堂洪亮的钟声，是一种享受，他想象着当年海明威、萨特等诸多名人曾经在此喝咖啡、聊天，觉得这也给予了他艺术灵感。在巴黎时，一位法国艺术家请他去吃法国大菜，又请他去观摩巴黎艳舞，法国大菜的独特味道让他赞不绝口，巴黎艳舞的疯狂与豪奢，使他为舞台上一个个上帝的尤物而赞叹。他觉得这趟巴黎之行，颇有收获。

回到国内，刚下飞机，学校的校长、学院的院长等领导专程来机场接他，这使他有点受宠若惊，妻子洪珊、学生林霖都来机场接他，洪珊和林霖都捧着一束鲜花，她们俩站在他的面前，他忽然感觉到她们俩的对比太明显了，一个皮肤松弛、皱纹纵横，一个冰清玉洁、光彩照人，他接过了两束花，赶紧转身与记者打招呼。市电视台的记者也来采访他，他简单地说了这次去巴黎领奖的感受，在电视摄像的镜头面前，华一帆显然有点拘束。

林霖告诉他，她的那幅参加全国大学生美术比赛的画《情欲系列之一》已经入围了，她希望华教授再帮她给关键的评委打打招呼。

6

美术学院最近有不少新闻，最引起轰动的是两个，一个是华一帆教授提出与妻子洪珊离婚，一个是林霖的画《情欲系列之一》获得了全国大学生美术作品比赛一等奖。这两大新闻在校园内外被传得沸沸扬扬，又有人说华一帆教授与妻子离婚原因是女学生林霖插足，林霖的画能够在全国得奖全凭着华一帆教授的关系。

校园没有事情就如同校园里的那泓湖水，风平浪静、波澜不兴，亭台楼阁、花草树木都倒映在水面上，令人心旷神怡；但是一旦有了这样的新闻，那么就如同台风袭来时，狂风大作、树枝摇曳、波浪翻腾，落花知多少了。洪珊到学院领导处诉苦，也去找了校长，华一帆便成了始乱终弃的陈世美式的人物，同事之间原本就有些争风吃醋，原本就为抓不着把柄而烦恼，现在有了这颗重磅炮弹，那些原先妒嫉他的、仇视他的便纷纷行动了，他们大多从道德立场上批评华一帆，尤其从师德立场上批评华一帆，甚至还提出这样的教师是否还适宜于上讲台，甚至含蓄地提出华一帆与女学生林霖的关系暧昧，有损师德，这弄得学校领导也感到十分棘手。

校长派了组织部长与华一帆谈话，华一帆一口咬定是因为两人的感情不和，一口咬定他与女学生并没有不正当的关系，他只不过认为死亡了的婚姻名存实亡，不如分道扬镳、各奔东西，领导的苦口婆心没有起到什么作用。华一帆在外面另租房子居住，洪珊要找华一帆当面谈此事，华一帆拒绝了，在北京读书的儿子给他打电话，他也让儿子别管大人的事情。最难的是他的导师周教授的劝说，周教授是他的恩师，也是他婚姻的红娘，周教授在电话里斥责他忘本，斥责他忘恩负义，劝说他必须保持婚姻，甚至说如果你离婚就断绝他们的师生关系。华一帆在电话里作解释，周教授却说我不要听,就将电话挂了。

华一帆与在报社工作的同学曾经谈到他的痛苦,他说他白内障几年,对一切事物都以一种蒙眬、混沌的眼光去看待,一切别人看来并不美的事物,在他的眼光中却是美丽的,他以一种想象、联想去填补眼光所不及之处。眼睛手术以后,华一帆感受到了寻找不到美的痛苦,过去以为美的,现在却将丑陋呈现在他的眼前,过去的蒙眬、混沌没有了,呈现在他眼前的一切都泾渭分明,他更多地看到了丑陋、卑劣,而缺少了含蓄、诗意,他说他与妻子洪珊之间关系的变化也正是从他的眼睛变清晰了开始,他说他是一个艺术家,是一个追求美、描画美的艺术家,他不能容忍在他的眼前始终晃动着丑陋。

华一帆在校园里似乎成为了一个怪物,他明显感到常常有人在他的背后指指点点,尤其是一些学生常常在他背后指指点点,选修他课的学生越来越少,尤其是女学生更少。他想到了阿Q提出要跟吴妈困觉后,未庄的那些女性老老少少都避着阿Q的情景,华一帆无奈地摇摇头。林霖不来找他了,他也不会主动再去找林霖,林霖获奖后曾经给他打过一个电话,说要请他吃饭,他笑了笑说免了吧,林霖也就不再说下去了。华一帆有时甚至有自己被人利用的感觉,他知道如果没有他的推荐,林霖大概是不可能获奖的。他喜欢林霖,但是完全没有非分之想。

华一帆终于与洪珊到法院离了婚。拿到离婚证书,华一帆有一种解脱之感,洪珊却流了眼泪。走出法院,他们俩背道而驰,各走自己的路,华一帆连头也不回。

华一帆终于完成了他的油画《涌动》,他将这段时间的不满、牢骚、愤怒,好像都画进了这幅画中。与前一段时间他的画不同,这幅画更多了一点理性,更多了一点写实色彩。他将这幅画寄去了参加全国美展的比赛。

全国美展比赛的结果公布了,出人意外的是华一帆的《涌动》落选了,熟识的评委告诉他,这幅画已经没有了他前几年画的独特性,那种狂放、大胆都消失了,而是一种拘谨、压抑,他还知道此次他的导师周教授担任了评委会主席。出人意料的是林霖的那幅《欲望系列之二》却获得了二等奖,得到了周教授的竭力推崇,尤其令华一帆吃惊的是,林霖的那幅画上仍然保持了那根阳物,那幅画放在展览会的入门处,那根硕大坚挺的阳具就如一尊小钢炮一般对着每一个进门的参观者。华一帆去参观展览时，见到这幅画，他无意识地摇了摇头，自言自语地说，这是个欲望化的时代呀！

对于华一帆此次落选，华教授的前妻洪珊有一段经典性的评价，她说："水至清无鱼，人至精无友，眼至明无美。"她说如果华一帆没有去做白内障手术，大概他的画还能够保持那种狂放大胆的风格，大概他的画还能够得奖，做了白内障手术后，华一帆的蒙眬消失了，他的想象力也消失了，他过于用审美的眼光去对待一切，包括对待生活，缺少蒙眬，缺少混沌，缺乏含蓄，缺乏想象，是华一帆的艺术走下坡路的必然，也是华一帆生活走下坡路的必然。她说有很多事情不能看得太清楚，人生其实就是蒙蒙眬眬、混混沌沌的，很多事情看得太清楚想得太清楚是无益的。有朋友婉转地将前妻的话说给华一帆听，华一帆听了，点点头，又摇摇头，他想随它去吧，总不见得再去医院做个手术，让自己的眼睛再恢复白内障时的境况吧。

过了几天，华一帆教授的房间里挂了一幅郑板桥的书法条幅，上书"难得糊涂"几个大字。

（原载《延河》 2006年第9期）

凝望与叹息

我被人从殡仪馆的冷柜里拖出,推进了一个明晃晃的玻璃柜子里,身上似乎渐渐有了些暖意。在这个七月流火的季节,人们都穿着真丝短袖衫、T恤衫、背带裙,而我却被长衣长裤地裹得紧紧地,浑身不舒服。

我的脸上刚刚被一个年轻的女丧葬师化了妆,她似乎在我的脸上抹了些胭脂、唇膏之类的东西,这是我生平第一次化妆,我感觉到姑娘纤细的玉手在我的脸上、唇上动作时那种舒适的触觉,感觉到姑娘额头的一缕头发拂在我的眼角痒痒的,想用手去搔搔,但不能够;感觉到离我的脸不到半尺的姑娘鼻翼里呼出的气息，想用劲嗅一嗅，也不行。我不知道她给我化妆成怎样的一个模样。

这玻璃柜子不透气，也听不大到外面的声音。我被置于这个大厅的中央，两边的墙上似乎贴了一幅白底黑字的挽联，这是在准备举行我的追悼会?

我戴的这副眼镜一定没有给我擦拭，怎么我看不清楚这玻璃柜子外的东西?模模糊糊蒙蒙眬眬地，似乎见到不少的人影在晃动，似乎还听见有人在哭泣。

我死了吗?怎么我还能感受到身边的世界?我才五十八岁，我还十分留恋这个世界，但是我也十分厌恶这个世界。我不记得我是怎么死的了，似乎说我是心脏病死的，但我不相信，我死的前一天还能骑自行车呢!

我不记得是怎么从医院来到这个地方的，这个地方我以前来过多次。我的妻子患癌症在床上卧病整整五年，五年来我每天细心地照料她、宽慰她，我也是在这个地方送走她的。我当时哭红了双眼，到底是几十年的夫妻感情呀!妻子离开我已经有五年了，现在我们相聚的日子到了。我将妻子的墓地选在太湖之滨的那座青山上，风景秀丽，空气清新，当时我有先见之明，做了双坟，那紧挨着妻子坟边的是留给我自己的。

玻璃柜外似乎安静下来了，只有一两声轻轻的抽泣声，我知道这是我可爱的孙女，她是我唯一放不下心的。

大概现在追悼会开始了吧，这玻璃柜阻隔了外面的声音，我知道接下来一定是由工会主席致悼词，我使劲伸长耳朵，想听听他们对我的评价，却模模糊糊地听不清楚。算了吧，一定还是那一套，生平、贡献什么的，人去了再说得花好稻好也就是那么回事了。现在我不必再费这个神了，就安安心心地躺着吧。那丧葬师没将我后背上的衣角掖好，聚起了一团，我的腰眼处被硌得难受。

追悼会的这套程式我是十分熟悉的，我盼望前面的这些快快结束，我盼望与遗体告别的那一刻的来临，我可以与我想见的那些亲人、同事、朋友见见面，可以与我那可爱的孙女见见面，只是我的眼镜没有擦拭过，模模糊糊的。有谁来给我擦一下？我躺的玻璃柜前摆满了大大小小的花篮、花圈，我是喜爱菊花的，不知道这些花篮、花圈中是否有一个是菊花的，我喜欢那种橘黄颜色的菊花，这种菊花有着一种富贵气，虽然我的一生离富贵甚远，但是我还是喜欢这种菊花。

我始终在回忆我是怎么死的，我心里明白，我本来不会这样死的，我的晚年生活还没有开始，我刚刚乔迁了新居，我唯一的儿子也刚刚找到了一个他自己合意的工作，我最喜欢的孙女也刚刚到一个教学条件与教学质量都不错的小学，我在海外的挚友托付我联系的合资工厂也刚刚开张，我幸福的生活才刚刚开始呀，我却离世界而去，我不甘心呀！我不情愿呀！我始终在思索我是为什么而死的，是谁酿成了我的死？

哀乐声起来了，沉重悲哀。哭泣声响起了，苦痛悲凉。是遗体告别的仪式开始了吧？

噢，是我的儿子在玻璃柜子前吧？我熟悉他那细长的身影，我熟悉他抽泣的声音。他离开大学讲坛去一家合资公司工作，令我十分伤心与激愤，那天我们俩为此事争吵了一个晚上。

儿子认为大学教师的待遇太差了。他历数了美国、韩国、中国台湾、中国香港等地大学教师的工薪待遇，欲说明他仍然待在大学是没有前途的，欲说明他跳槽的高明。我愤愤地对他说，你的父母当了一辈子的大学教师，我家的几代人中不是教师，就是研究人员，可以说是书香门第。他却以讥讽的口吻说，你们当了一辈子大学教师又能怎么样？还不是穷光蛋！我气得一时不知说什么好。

我们两夫妻从他小时候起就希望他今后能够成为专家、学者，成为知名的教授，根本没有想到他却自说自话地跳了槽，成为了商场上的一员。那天气得我拍桌子大骂，他却固执己见执迷不悟，还说我是不开通、太落后，我仍然记得当时儿子白净净的脸上那种怒气冲冲的样子。对待这个独生儿子，我们夫妻俩从小到大没有打过他，真是视他为掌上明珠，那天我确实气极了，抬手给了他一个耳光。

他捂着被打红了的脸，将桌上的一个气压热水瓶猛地摔在地板上，"砰"的一声，热水瓶碎了，他愤愤然地摔门而去，留下了一句话："我再也不是小孩子了，我的事不要你管！"当时我气得七窍生烟，两眼一黑就什么也不知道了。后来是媳妇听到热水瓶炸了的声音推门进屋，见到我不省人事，才打电话让急救车送我进了医院的。我一直在想是不是那次与儿子的争吵导致了我后来的死？

现在一定是我的那个媳妇站在我的面前了，大大的眼，白白的脸，对于我的离去她大概是高兴的了，她肯定是不会掉一滴眼泪的。

我的儿子也不知怎么地找了这样一个当营业员的对象。那次儿子买了一件新的滑雪衫，套上身就发觉脱了线，就去商店要求退货。商店不让退，平时老实巴交的儿子气愤地跟一个年轻的女营业员大吵了一通，他将滑雪衫往那女营业员身上一抛，说："你不退，就送你了！"他转身就走了。气愤至极的儿子，翌日给电台打了电话，反映了这件事。第二天，商店的经理就带着那女营业员上门来赔礼道歉了，并将退货款送了来，还当面批评了那女营业员。看着那女营业员眼泪汪汪诚恳道歉的模样，我这儿子倒生出一点儿怜香惜玉般的感觉。真是不打不相识，不知怎么地，后来他们俩谈起了恋爱，从未谈过恋爱的儿子与她一粘上就摆不脱了。当儿子第一次把对象带上门来，我们夫妻俩都大吃一惊，都竭力反对，但是已经无法挽回了。

媳妇人倒聪明，但钱看得特重，情就看得很轻。我平时带朋友或学生回家吃饭，她就会露出不耐烦的表情。儿子的跳槽大多也是让这媳妇逼的。那次，那个认我为干爸的女学生王雪荫来我家玩，她居然背着我对王雪荫说，要她没事别来我家。我气得将媳妇叫到跟前，问明了情况，责怪她说："以后，长辈的事你作媳妇的别说三道四的。"媳妇到底不是自己的儿子，我是用一种压抑住的淡然的表情对她说的，但我内心的激愤也从我涨红了的脸上可以见到。从那次事情后，我总感到胸口闷闷的。我一直在想是不是那次与媳妇的谈话引起了后来我身体的每况愈下。

现在一定是我的小孙女站在这个冰冷的玻璃柜子面前了，我似乎已经听到了她的哭泣声了。小孙女是我最疼爱的，我多么想能够再抱抱她、亲亲她呀！她是我生活中的乐趣与希望，心里有点儿不快，只要孙女扑进我的怀里，我的不快就会烟消云散。

那次为了孙女能上一个好一些的学校，我费了九牛二虎之力。那天朋友给我介绍了一所学校的教导主任，儿子、媳妇都说要给这教导主任烧烧香，我是特反对这一套的，儿子、媳妇提着蛋糕、火腿等找上门去了，回来说虽然礼送出去了，但那教导主任态度是冷冷的，没说上几句话，主任就说马上要去开会，就将他们撵出门外。和那介绍的朋友一说，朋友抚掌大笑，说主任根本瞧不上你们送的那点东西。朋友让我自己去跑一趟，别提东西，就揣上钱，用信封兜着给送去。我不愿去干这事，这多么丢脸呀！儿子、媳妇凑足了钱塞在我的手里，逼着我去走一趟。为了我可爱的小孙女，为了孙女能够上一个好一些的学校，我这张老脸也不顾了。

记得那天天气十分炎热，我穿着一件真丝短袖衫，兜里揣着现款，骑着自行车就找去了。媳妇怕我在路上把钱给丢了，特意在我装钱的袋口用一枚别针别住了，让我记住在进门前将别针解下。那天是星期天，我找到了教导主任的家，还未进门我就觉得难堪，浑身不自在，真像去做小偷似的。我抬起手来真不想按那个红色的门铃，真想转身就回家。在那门口迟疑了许久，引起了上下楼梯人的注意，问我找谁。我说出教导主任的名字，按响了门铃。教导主任是一个精瘦的小个儿。进门后我说明了来意，说出了朋友的名字，主任冷冷地寒暄了几句。我如坐针毡一般，想快点儿将事办了离开。我将手伸进裤兜取钱，但不好，那别针进门前忘了解下。我一边与主任寒暄，一边悄悄用力将那裤兜弄开了，取出信封，递给主任说，我孙女入校麻烦您通融……我明显感觉到那主任的小眼睛一亮，嘴里却说，别，别，别，你的朋友是我的朋友，那你也就是我的朋友，朋友的事我怎么说也是会帮的，你这事我会努力的，你请放心。我听了他这番话，抬起身就告辞了。他似乎努力将那信封还我，但我感觉得到，还我不是真的。我匆匆抽身，走出门外，才感觉到一身大汗淋漓，真像大病了一场。我也不知道是不是那次送礼落下的心病。

　　站在我面前的是不是系总支书记？那胖胖的体态，那花白的头发，那用手推着常常要从塌鼻梁上掉下来的眼镜的姿势，肯定是她了。这位慈眉善目的老太太，却有着一张令人不寒而栗的嘴，系里的大事小事她都管。

　　我妻子过世后，她十分热心地为我介绍对象，一再做我的思想工作，说你还年轻，成个家安排好晚年生活是十分重要的，我却一再推辞，说还没有考虑这事。后来，老太太给介绍了一位美籍华人，比我小五岁，丈夫病逝了，特意回国来找老伴。条件是要找一个在大学当教师的知识分子，要找一个心肠好脾气好的男人。那美籍华人的丈夫是大老板，留给她一大笔遗产，她今生今世也用不完。书记找到了我，一定要让我去相亲。我当时真的为书记的热心所感动，无可奈何地由她带去了希尔顿宾馆，与那美籍华人见了一面。她看上去要比实际年龄年轻一些，虽然脸上有了不少皱纹，但皮肤还是白净净、光滑滑的。那天一起喝着咖啡聊着天，回来后，书记一定要我同意此事，还说你只要同意，其他的事都不要你管，结婚后马上可以去美国定居，生活根本不用你操心。我不好一口回绝，就说要考虑考虑。其实，我根本不想去过那种寄人篱下看人眼色的生活，我也舍不得我那可爱的小孙女，也不愿忘却我那已躺在太湖之滨的妻子，我的墓地也在那儿，我不愿意我的这把老骨头被埋在异国他乡。过了几天，当书记问起我时，我一口回绝了，书记感到大感不解，她说这样好的姻缘打着灯笼也难找，说你以后会后悔的。我一直在想是不是从此后我就始终处在郁闷中，落下了身体溃败的隐患？

瘦瘦地站在我面前的是不是教研室主任？他那微驼着的背、瘦削的脸我不会忘记。我仍然记得在党小组会上他那咄咄逼人的口气，他让我从今后别再与女学生接触了，他说我从今后不能再当班主任了。

仍记得那年申报教授时与他发生的矛盾。论资历、论学问我比他强得多，但论与领导的关系、论钻营的本事，我又比他逊色得多。我是既无害人之意，又无防人之心。他知道在学术上竞争不过我，就千方百计去寻找我在其他方面的不是。他以教研室主任的名义，到我上课的班级里去调查我的上课情况，搜集了一些所谓的对我不利的情况。职称申报以前就向系领导汇报。职称申报后,他到处找学术委员会的评委们,在汇报他自己的教学、科研成果时,横刺一枪,将我的教学说得一塌糊涂,并有名有姓有证有据地说出某某同学反映的。我申报职称后,就继续躲在书斋里写我的书,外面却已经传得纷纷扬扬了,我还被蒙在鼓里。直到关系较好的老师告诉我,我去找有关的领导询问,但学术委员会已经投了票,我以十分悬殊的票数落选了,他却被评上了教授。我一直在思索,是不是自那次职称评定后,我心里一直耿耿于怀,酿成了我后来的重病。

我不知道我的那位在菲律宾的挚友阿宏是否前来,两年前他出现在我家门口时,我真的不认识了,这位我大学时代瘦瘦的好友已经是大腹便便红光满面的巨贾了。

阿宏在菲律宾继承了父亲的遗产后,在汽车、化妆品等市场生意做得红红火火,成为菲律宾的巨富。那年他到我家里,见到我家境的窘困,提出拿出二十万美元,让我在国内找一家企业合资,办一家中外合资企业,由我担任外资经理,全权处理有关合资的事务,以改善我的落魄处境。后来,我通过朋友找到一家乡镇企业,办起了一家合资工厂,共投入资金五十万美元，专做汽车零件，一部分销往菲律宾，一部分在国内销售。厂里新盖了厂房和办公楼，专门留了一间作我的经理办公室。那一阵联系合资对象，落实产品生产，出入宾馆酒楼，进出高级轿车，享受高级宴会，下榻高级宾馆，舞会、桑拿、卡拉OK、扑克麻将，确实大开了眼界，改变了我原先家庭、学校两点一线的简单的生活。

工厂开工以后，合资企业的国内方经理对我说，您就别天天上班了，这里的事儿我们每月会向您汇报，您想来这儿看看，打个电话来，我们就派车去接，您一家大小都带上，到这儿看看，玩玩，吃的、喝的、住的，我们都会安排好，不用您费心，甭耽误了您在大学里的课，每月的工资我们会送到府上，每月您家的电话费可以拿来报销，每月还给您开一些交通费、公关费，您这把年纪心挂两头，太累了。我知道他们怕我干涉他们的事务，我也乐得省心。那些日子的忙碌与生活节奏的改变，不知是否在我体内留下了某些隐患，那么好心的阿宏也就成了导致我走向死亡的罪魁祸首了。

站在我面前的是不是王雪萌？她那修长的身材、甜美的笑容总难从我的心中抹去。她的父母都在外地，那年过年她父母回来后特意来到我家，让我平时关照关照王雪荫，甚至提出让她作我的干女儿。王雪荫是我当班主任时的班长，人长得可爱，也聪明伶俐，有这样的女儿我也高兴。后来她就对我以爸爸相称，我却仍然以名字称呼她。我真心将她以自己的女儿看待，买了好菜就叫上她来一起吃，全家出去游玩也常常带上她。王雪荫也勤快，星期天常常来我家帮助洗洗涮涮的，起先我阻拦她这样做，后来拦不住也就让她去了。

我到现在也想不通我怎么会去"猥亵"女学生的，事情大概要从这儿说起吧。从班上的同学那儿传来信息，说王雪荫与系里一位年轻男教师交往过于密切，常常在外面双双出入舞会、进出影剧院。那位男教师高高个头，潇洒倜傥一表人才，在学术界为后起之秀，成为众多女学生心中的白马王子。可惜的是他早已结婚，还有一个读小学的儿子。甚至学生还告诉我，白马王子的夫人还找过王雪荫，让她别老盯着她丈夫，还说像她这样年轻漂亮的女孩子可以找到更好的对象，何必缠着她的丈夫呢？！听到这样的事，我就将王雪荫找到我的家中，想阻止她再与那男教师来往。王雪荫先是矢口否认，后我将从学生处听来的事儿一一道来,她红着脸不做声了。我告诫她作为一个女孩,要懂得自珍自爱,要爱惜自己的声誉,弄坏了名声悔之晚矣。她低着头任我说,一语不发。

后来,她依旧我行我素地与那年轻教师往来。我想到她父母对我的托付,就给她的父母写信,将这些情况一五一十地告诉了她的父母。信寄出去后,王雪荫的父亲来过一次,也上门和我谈了有关王雪荫的事情,那天王雪荫也来了,但一声不吭。她父亲走后,王雪荫好像收敛了一些,但暗地里仍然与那年轻教师来往,也不再上我家来了,远远地见到我她就故意躲着走,我想找她谈话也没有机会。她的表情似乎有些恨我,我想大概是恨我将事情对她的父亲说了。

一天下午,天气很冷,下着雪。儿子、媳妇都上班去了,我在家备课。王雪荫忽然来到我家,我感到十分惊奇,但也十分高兴,想好好与她谈谈,却总找不到机会。我赶紧给她泡了杯热咖啡,请她在靠近电热汀的地方坐下。那天,大概由于天冷,她的脸白里透红,虽然还隐隐透着一股郁闷之气,但在她一身雪白的风衣与一条猩红围巾的映衬下,看上去十分艳丽。她不像过去来到我这里那样无拘无束,稍稍显得有些不自然。我想大概是许久没有到我家来的缘故吧。我们不着边际地聊着。突然，王雪荫脸上露出一种十分痛苦的表情，她甚至呻吟了起来。我赶紧问她怎么了。她说大概天冷，她有点儿胃疼。我问她要不要去医院，她说不碍事，以前常有，稍微揉揉就好了。我让她去床上躺一会儿，以前她星期天来我家也常常在我家睡午觉的。她脱了鞋躺在床上，自己用手揉着胃部。我看她皱紧着眉心吃力地揉着的样子，就说我来给你揉吧……

王雪荫走后，我久久没回过神来，我一个劲儿地谴责自己，我怎么做出这样的事来？！我以后怎么有脸去见学生？！我怎么这样不要脸呢？！我是她的干爸呀！我一个劲儿地用拳头捶自己的脑袋。后来想，好在没有进一步下去，不然后果真的不堪设想。

第二天中午，我接到了系总支书记的电话，语气十分严厉，要我马上到系里去一下。一到了系里，总支办公室除了书记以外，还有两个不相识的人，书记介绍说他们两位是派出所的，来向我调查一件事情，他们的脸上都露出十分严肃的表情。我知道大概是王雪荫把我告了，一听果然如此。我也不想隐瞒，将事情的经过原原本本地说了一遍。派出所的同志不时插问几句，问的都是十分细节性的问题，我只好硬着头皮——作了回答,当时我真恨不得地板上有个洞可以钻进去。后来就是学校的处分。

这桩事情发生后,我总不理解王雪荫怎么会这样对我?那天她到我家来是否是一种预谋?她的背后是否有人指使和教唆?这些想法我没对任何人说,我想她一个女孩子已被坏了名声,我何必再与她过不去呢?一切都由我自己担当吧。此后,我除了应该上的课程外,基本上待在家里,拒绝了一切与他人的交往,回避了一切公众的场面和集体活动。我一直在想是不是这次事件后,我将自己与社会隔离了起来,导致了我重病的发生。

我想见的还有教研室的小林,他是教研室的生力军,教学科研都是好手,常常有高质量的论文在有影响的学术刊物上发表,我们也常常在一起谈论一些学术问题,有时他写完的文章会先拿给我看,让我给提提意见。小林是一位很有前途、有潜力的年轻学者,但他却常常遭到某些不学无术的人的嫉妒与刁难。他常常感到苦恼,因与我关系甚好,他就常常向我倒苦水,我也就在适当的机会适当的时候为他说几句话,也给他解了一些难。

女学生事件发生后,小林来到我家,那时正是我最为苦闷的时候,他与我谈心,虽然他也批评了我的不是。他的来到使我的心里宽松了不少。患难见真情呀!我常常处于一种孤寂的境地,小林常常登门,告诉我一些系里发生的我不知道的事情,告诉我学术界的一些新的情况,和我一起讨论一些学术问题。他劝我干脆静下心,将我构思已久的一部学术著作写出来,但我仍然难以摆脱那件事情的阴影。

那天,小林来到我家,带来了他刚撰写完的一部学术著作的手稿,厚厚的一大摞。翻看了一下书稿,我十分吃惊,也十分兴奋。小林十分谦逊地让我先帮他看看,提提意见,他再去与出版社联系出版事宜。小林走后,我十分兴奋地读起书稿来,书稿中清晰的思维、大胆的论断、流畅的文笔,常常使我击节赞叹,但其中一些过于偏激的观点我又不能苟同,我用铅笔在书稿上一一做了淡淡的记号,准备以后与小林一起讨论。当天晚上,我一直看到凌晨一点,才放下书稿沉沉睡去,以至于第二天上课差点儿迟到。我一路将自行车骑得飞快,刚跨进教室,上课铃就敲响了。是不是自那天以后我就感到有些体力不支,是否因此而埋下了重病的隐患?

……

噢,哀乐声怎么停止了?哭声怎么更响了?玻璃柜子大概被人推动了。有人似乎在拖着玻璃柜子不让走,那一定是我的儿子、我的孙女。放手,快放手!让我去吧!虽然我不相信萨特的"他人即是地狱"之说,但我盼望人与人心的交流与相通,盼望人与人之间充满了真诚和爱。我喜欢《让世界充满爱》这首歌,我景慕释迦牟尼、基督耶稣对人世深深的爱,我盼望获得内心的宁静,但是为时已晚。请让我化作一缕青烟,让我的灵魂脱离这世界,让我去那风光明丽的太湖之滨永远陪伴我那经受了多年病苦折磨的妻子,我要向她忏悔,诉说我的痛苦与烦恼,与她如新婚时一样朝夕相伴,在太湖之滨的晨曦中、月光下漫步,享受另一个世界的宁静。噢,不用再作生命的凝望与叹息了。别了,来向我作别的人们!阿弥陀佛!阿门!

(原载《当代小说》 2001年第8期)

图书在版编目（CIP）数据

寻猫记 / 杨剑龙著. -- 上海：上海文艺出版社,2023
ISBN 978-7-5321-8207-7

Ⅰ.①寻… Ⅱ.①杨… Ⅲ.①短篇小说－小说集－中国－当代
Ⅳ.①I247.7

中国国家版本馆CIP数据核字(2023)第070445号

发 行 人：毕　胜
责任编辑：李伟长
封面设计：钱　祯
封面插画：施晓颉×公号：痴吃喵

书　　名：寻猫记
作　　者：杨剑龙
出　　版：上海世纪出版集团　上海文艺出版社
地　　址：上海市闵行区号景路159弄A座2楼　201101
发　　行：上海文艺出版社发行中心
　　　　　上海市闵行区号景路159弄A座2楼206室　201101　www.ewen.co
印　　刷：浙江中恒世纪印务有限公司
开　　本：787×1092　1/32
印　　张：7
插　　页：5
字　　数：108,000
印　　次：2023年5月第1版　2023年5月第1次印刷
I S B N：978-7-5321-8207-7/I·6484
定　　价：54.00元
告 读 者：如发现本书有质量问题请与印刷厂质量科联系　T:0571-88855633